# スケッチブック

―供養絵《くようえ》をめぐる物語―

ちばるりこ 作
シライシユウコ 絵

Gakken

# スケッチブック

# 目《もく》次《じ》

# 一●噂《うわさ》

「知ってる？　紗理奈《さりな》の入賞《にゅうしょう》した絵だけど……。本当はお父さんに描《か》いてもらっていたんだって。」

そんな噂《うわさ》が広まったのは、今から一年前、紗理奈《さりな》が五年生のときのことだった。旅《りょ》行先《こうさき》の箱根《はこね》で描《か》いた湖《みずうみ》の絵は、地域《ちいき》の絵画コンクールで入賞《にゅうしょう》した後、千葉県《ちばけん》のコンクールに進《すす》み、そこで最優秀賞《さいゆうしゅうしょう》に選《えら》ばれた。

地方新聞に大きく取《と》りあげられ、有名《ゆうめい》な画家のコメントがのせられた。『小学五年生でこれだけの作品《さくひん》を描《えが》くとは、とてもすばらしい。背景《はいけい》の山々、湖《みずうみ》に浮《う》かぶボートの絵は、構図《こうず》もしっかりとしていて、色彩《しきさい》も美《うつく》しい。山々の清新《せいしん》な空気と湖《みずうみ》の静《しず》けさが伝《つた》わってくる。湖面《こめん》に浮《う》かぶボートや人物《じんぶつ》の写実的《しゃじつてき》な描《か》き方《かた》、水泡《すいほう》までがリアルに感《かん》じられる』と絶賛《ぜっさん》だった。

紗理奈《さりな》はもちろん、学校の先生、クラスメートも喜《よろこ》びにわいた。いちばん喜《よろこ》んでくれたのは、中学の美術教師《びじゅつきょうし》をしていたお父さんだった。お父さんは自分のことのように喜《よろこ》び、どこへ行くにも、新聞の切《き》り抜《ぬ》きを持《も》ちあるいた。

そんなとき、噂《うわさ》はクラスに流《なが》れ、それは湖《みずうみ》に投《な》げた小石から起《お》こった波紋《はもん》のように広がっていった。小石を投《な》げたのが誰《だれ》なのかは、今でもわからない。ただ、入賞《にゅうしょう》の知らせをクラスで聞いたときの場面《ばめん》が、今も紗理奈《さりな》の頭に浮《う》かんでくる。

「このクラスに、県《けん》の絵画コンクールで最優秀賞《さいゆうしゅうしょう》に選《えら》ばれた人がいます。」

教室中、オーッという歓声《かんせい》で包《つつ》まれる。周《まわ》りをきょろきょろ見るクラスメートたち。紗理奈《さりな》と目が合ったのは、香澄《かすみ》だ。香澄《かすみ》はスポーツをしても、絵を描《か》いても、頭一つ抜《ぬ》きんでている。

小さな頃《ころ》から絵画教室、ピアノ教室、バレエ教室などに通っていると聞いたことがあった。そんな香澄《かすみ》が紗理奈《さりな》を意識《いしき》している。紗理奈《さりな》は、絵を描《か》くことは好《す》きだが、そんな賞《しょう》に選《えら》ばれるほどではないと自分に言いきかせた。期待《きたい》してはずれることはよくある。それなら、はじめから期待《きたい》しなければいい。そっと、香澄《かすみ》の視線《しせん》をはずす。みんなが静《しず》まるのを待《ま》っていた沢田《さわだ》先生が、口を開《ひら》いた。

「第《だい》八回小中学生・絵画コンクール、最優秀賞《さいゆうしゅうしょう》は結城紗理奈《ゆうきさりな》さんです。」

さっきよりも大きな歓声《かんせい》があがる。親友の松井千草《まついちぐさ》が一番前の席《せき》から一番後ろの紗《さ》理奈《りな》の席《せき》まで走ってきた。

「やったー！　紗理奈《さりな》、すごい。すごいよ。」

肩《かた》をたたかれながら紗理奈《さりな》は、信《しん》じられない気持《きも》ちでいっぱいだった。誰《だれ》からともなく拍手《はくしゅ》が起《お》こる。それはだんだん大きくなっていく。何気なく顔を上げたとき、香《か》澄《すみ》とまた視線《しせん》がぶつかる。香澄《かすみ》は拍手《はくしゅ》もせずに、紗理奈《さりな》をにらむように見つめている。

先生が、そのとき、にこやかに話した。

「佳作《かさく》に、森永香澄《もりながかすみ》さんが入りました。なんと、このクラスから二人も入賞者《にゅうしょうしゃ》が出ました。快挙《かいきょ》ですよ。」

クラスの拍手《はくしゅ》が一段《いちだん》と大きくなる。紗理奈《さりな》は、怖《こわ》くて香澄《かすみ》のほうを見ることができなかった。

それから、しばらくして、心ない噂《うわさ》が紗理奈《さりな》の耳に入ってきた。教えてくれたのは、千草《ちぐさ》だった。

「あのね。気にすると思って言わなかったけど、紗理奈《さりな》の絵のこと、学校で噂《うわさ》になってる。紗理奈《さりな》のお父さんが描《か》いたんじゃないかって。でも、違《ちが》うんだから、堂々《どうどう》としててよ。どうせ、香澄《かすみ》あたりがねたんで言ったに違《ちが》いないんだから。」

「うん。教えてくれて、ありがとう。」

紗理奈《さりな》は、そのときは、気にしなかった。誰《だれ》かのねたみだと心に言いきかせた。けれど、噂《うわさ》が大きくなると、外に出るのも、大好《だいす》きな絵を描《か》くのもいやになってきた。

そんなとき、お父さんは言った。

「噂《うわさ》など気にするな。ほかの人の手を加《くわ》えていないことは、お父さんがいちばんよく知っている。もしも、手を加《くわ》えたとしてもこんないい絵にはならなかったと思うよ。そのくらいおまえには才能《さいのう》がある。また描《か》きたいものを探《さが》してごらん。お父さんのアトリエにだって、今までどおり気軽《きがる》に入っていいんだよ。」

それでも、気持《きも》ちは晴れなかった。絵を進《すす》んで描《か》く気になれなかったし、賞《しょう》への応《おう》募《ぼ》もきっぱりとやめた。

# 二・涙《なみだ》

幼《おさな》いときに、お母さんを亡《な》くした紗理奈《さりな》はお父さんと、二つ下の弟と三人暮《ぐ》らしだ。お母さんは、弟の時哉《ときや》を産《う》んですぐに姿《すがた》が見えなくなった。そのときのことは、今もはっきり覚《おぼ》えている。

「お母ちゃま、どこ行ったの?」

お父さんにたずねると、お父さんは困《こま》ったように答えた。

「体が弱っているから、おばあちゃんの家に行っているよ。時哉《ときや》も一緒《いっしょ》だ。」

「帰《かえ》ってくる?」

「ああ。」

「絶対《ぜったい》?」

「ああ、お母ちゃまが帰《かえ》ってくるまでは、*家政婦《かせいふ》の中山《なかやま》さんが、お世話《せわ》してくれるか

*家政婦《かせいふ》……よその家にやとわれて、家事《かじ》を手伝《てつだ》う女の人。

ら。」

中山《なかやま》さんは、これまでも、たびたびお願《ねが》いしていた家政婦《かせいふ》さんだ。

「紗理奈《さりな》ちゃん、何か食べたいものある？」

紗理奈《さりな》の顔をのぞきこんでは、聞いてくれる。ふっくらとして、優《やさ》しくて、料理《りょうり》が上手《じょうず》な中山《なかやま》さんが紗理奈《さりな》は大好《だいす》きだった。だから、少しほっとした。

それからしばらくたった冬のある日、紗理奈《さりな》は、お父さんとおばあちゃんの家に向《む》かった。千葉《ちば》から岩手《いわて》の遠野《とおの》は遠かった。午前中に家を出てＪＲ、新幹線《しんかんせん》、ＪＲと乗《の》りついだ。お父さんはずっと外の景色《けしき》を見ていた。着《つ》いたのは、薄暗《うすぐら》くなりかけた頃《ころ》だった。おばあちゃんは紗理奈《さりな》を見ると駆《か》けより、痛《いた》いくらい抱《だ》きしめた。

「さ…さ……。」

言葉《ことば》にならなかった。

「間に合わなかった。すみません。すみません。」

お父さんは、何度《なんど》もおばあちゃんに頭を下げる。

「お母ちゃまは？」

紗理奈《さりな》の問《と》いかけに、はっとしたかのようにおばあちゃんは体を離《はな》した。

「こっちにいるよ。」

お父さんの優《やさ》しい声に、歩みよっていくと、お母さんは、布団《ふとん》の中に寝《ね》ていた。見たこともないほどに美《うつく》しい顔をしたお母さん。お父さんが、横《よこ》に座《すわ》って髪《かみ》をなでていた。

「お母ちゃま。」

紗理奈《さりな》の呼《よ》びかけに、一瞬《いっしゅん》、ほほえんだかのように見える。閉《と》じた目が開《ひら》かれるのを待《ま》っていた。しかし、それが開《ひら》かれることはなかった。遠くで、時哉《ときや》の泣《な》き声《ごえ》が聞こえていた。

夜、線香《せんこう》の灯《ともしび》を守《まも》り、つきっきりのお父さんの横《よこ》に紗理奈《さりな》はいた。そして、お父さんに言ってみた。

「お父ちゃま。紗理奈《さりな》、眠《ねむ》い。お母ちゃまと寝《ね》る。」

「それなら、おばあちゃんと時哉《ときや》の部屋《へや》でお休み。紗理奈《さりな》の布団《ふとん》も敷《し》いてあるから。お母ちゃまの体はとても冷《つめ》たいから、紗理奈《さりな》が風邪《かぜ》をひくと大変《たいへん》だ。」

「お母ちゃまと一緒《いっしょ》がいい。」

困《こま》ったように、見つめるお父さんを背《せ》に、紗理奈《さりな》はするすると布団《ふとん》にもぐりこんだ。不思議《ふしぎ》に冷《つめ》たく感《かん》じなかった。久《ひさ》しぶりに一緒《いっしょ》に寝《ね》るお母さん。薄紫《うすむらさき》の着物《きもの》を着《き》たお母さんに抱《だ》きつく。柔《やわ》らかかったお母さんは、やせて、少しきしきししていたが、ふんわりと桜《さくら》の花のような香《かお》りがした。

「あっ!」

お父さんが驚《おどろ》いたように短《みじか》く叫《さけ》んだ。

紗理奈《さりな》も驚《おどろ》いてそちらを見た。

一筋《ひとすじ》の涙《なみだ》がお母さんの目から伝《つた》っていた。

それがお母さんからの最期《さいご》の発信《はっしん》だった。

# 三・出会い

紗理奈《さりな》のお父さんは、中学の美術教師《びじゅつきょうし》をしている。お父さんがどうして美術教師《びじゅつきょうし》になったのかを聞いたのは、紗理奈《さりな》がコンクールで入賞《にゅうしょう》したときだった。

「おめでとう、紗理奈《さりな》。お父さんはうれしいよ。おまえなら、お父さんが目指《めざ》している画家になれるかもしれない。」

「お父さん、画家になりたかったの？」

「過去形《かこけい》にするなよ。今もなりたいと思っているんだから。」

そう言って、お父さんは笑《わら》った。

「お父さんは、先生になりたくてなったと思っていた。」

「絵を描《か》いて、家族《かぞく》を養《やしな》うことは難《むずか》しくてな。結婚《けっこん》するとき、おばあちゃんに言われたんだ。＊定職《ていしょく》がない者《もの》に娘《むすめ》はやれないと。」

＊定職《ていしょく》……長く続《つづ》けている決《き》まった仕事《しごと》。

「へーっ！　おばあちゃん、きついね。」

「苦労《くろう》した人だからな。お母さんに幸《しあわ》せになってもらいたいと思ったんだろう。」

「お父さんは、よかったの？」

紗理奈《さりな》は、おそるおそる聞いてみる。

「よかったに決《き》まってるさ。お母さんと出会って、紗理奈《さりな》や時哉《ときや》も生まれたんだ。好《す》きな美術《びじゅつ》の道で飯《めし》も食える。これ以上《いじょう》のことはないさ。」

お父さんは、自分に言いきかせるように言った。

「なんたって、お母さんと結婚《けっこん》できて、よかったんだろう？」

そばで、まんがを読んでいた時哉《ときや》が口をはさんだ。

「こいつ、親をからかって。」

お父さんは、時哉《ときや》のまんがを取《と》りあげる。

「あーっ！　返《かえ》してよ。これからいいところなんだから。」

紗理奈《さりな》は、二人のやりとりを見てほっとしていた。お父さんが自分の選《えら》んだ道を後《こう》悔《かい》していなかったから……。

いつもは口数の少ないお父さんが、めずらしく、いろいろな話をした。

「お母さんは、本当にきれいな人だった。初《はじ》めて美術館《びじゅつかん》で見かけたとき、追《お》いかけていって、モデルになってくださいと頼《たの》んだんだ。」

「やだー！　それってストーカーみたい。」

紗理奈《さりな》も、お父さんをからかうように、言ってみる。

「それで、お母さん、なんて答えたの？」

時哉《ときや》がお父さんをのぞきこんだ。

お父さんは、指《ゆび》でばってんを作る。

「ごめんなさいって断《ことわ》られた。」

「えー？　ふられたんだ。」

時哉《ときや》が、笑《わら》いころげた。

「それでも、偶然《ぐうぜん》、また別《べつ》の美術館《びじゅつかん》で会ってな。お父さんが美大生《びだいせい》だって言うと、絵を描《か》いているところが見たいって言われたんだ。」

「それって、お父さんのこと気になってたってことだね。」

紗理奈《さりな》は、お父さんの顔を見上げた。

「お母さんが絵の制作風景《せいさくふうけい》を見る表情《ひょうじょう》、忘《わす》れられない。遠くを見ているようでいて、でも、細やかで。絵の具《えのぐ》を混《ま》ぜるしぐさまで目で追《お》っていた。それから、モデルも引きうけてもらうことになったんだ。」

お父さんはそう言うと、懐《なつ》かしそうに目を細めた。

# 四・時哉《ときや》

　時哉《ときや》は小学四年生。その容姿《ようし》は驚《おどろ》くほどお母さんに似《に》ている。透《す》きとおるような肌《はだ》、黒目がちの大きな瞳《ひとみ》、通った鼻筋《はなすじ》。その美《うつく》しさは、誰《だれ》もが振《ふ》りかえって見るほどだ。そんな時哉《ときや》がいとおしくもあり、憎《にく》らしくもある。紗理奈《さりな》は、たまに考えることがある。もしも、時哉《ときや》が生まれていなかったら、お母さんはまだ生きていたかもしれないと。

　物心《ものごころ》がついてから、おばあちゃんからお母さんの病気《びょうき》のことを聞いた。

「運《うん》が悪《わる》かったよ。時《とき》ちゃんがおなかにいたとき、ガンがあるってわかってね。赤《あか》ん坊《ぼう》をあきらめて、ガンの治療《ちりょう》をしなさいとお医者《いしゃ》さんに言われたのに、あの子は新しい命《いのち》のほうを選《えら》んだんだ。仕方《しかた》ない、仕方《しかた》ないね……。」

　おばあちゃんの言葉《ことば》に、何も言うことができなかったけれど、お母さんには自分の生を選《えら》んでほしかったと心のどこかで思っていた。

お母さんに似《に》た美《うつく》しい時哉《ときや》を愛《あい》すれば愛《あい》するほど、お母さんへの思いも強くなる。時哉《ときや》は紗理奈《さりな》と違《ちが》って、お母さんをまったく知らず、寂《さび》しいはずなのに、いつも明るくみんなの人気者《にんきもの》だった。そして不思議《ふしぎ》なことに、守《まも》り神《がみ》がついているのではと思うような出来事《できごと》があった。

それは去年《きょねん》、時哉《ときや》が小学三年生のときだった。サッカークラブの夏合宿《なつがっしゅく》に出かけた先で、竜巻《たつまき》が起《お》こった。予報《よほう》にも出ていない突然《とつぜん》のことで、本当にあっという間の出《で》来事《きごと》だったそうだ。

時哉《ときや》たちが宿泊《しゅくはく》する青少年センターの建物《たてもの》は、この竜巻《たつまき》によって大きな被害《ひがい》をこうむった。

その数分前に、時哉《ときや》はある声を聞いたという。

「こっち、こっちだよ。」

その声が誰《だれ》のものなのかわからぬまま、誘《さそ》われるように時哉《ときや》は駆《か》けだした。そのとき、周《まわ》りのみんなも、時哉《ときや》の後を追《お》いかけ、やがて地下の倉庫《そうこ》に入りこんだ。そこには、誰《だれ》もいなかった。

その直後、ものすごい音が響《ひび》きわたり、電気が消《き》えた。

「きゃー！」

「わー！」

悲鳴《ひめい》があがる中、時哉《ときや》は暗闇《くらやみ》に一《ひと》筋《すじ》の光を見た。そのとき時哉《ときや》は自分たちが助《たす》かることを確信《かくしん》したという。

竜巻《たつまき》が過《す》ぎた後、時哉《ときや》たちは、外に出て驚《おどろ》いた。自分たちのこもった地下倉庫《そうこ》だけが残《のこ》り、青少年センターの建物《たてもの》は、見るかげもなく崩《くず》れおちていたのだ。それは奇跡《きせき》としかいいようのない出来事《できごと》だった。

青少年センターの被害《ひがい》を聞いたとき、誰《だれ》もが最悪《さいあく》の事態《じたい》を覚悟《かくご》した。けれど、絶望《ぜつぼう》の後、子どもたちや関係者《かんけいしゃ》の命《いのち》が救《すく》われたことを知った。それは、一度《いちど》、地獄《じごく》につきおとされた家族《かぞく》にとっては、天国を見るような思いだった。

考えてみれば、時哉《ときや》はいつも何かに守《まも》られていた。紗理奈《さりな》は思いかえす。小さな頃《ころ》から、雨が降《ふ》っても時哉《ときや》が帰る時間には上がっていた。遊《あそ》びに行っても、学校に行っても、いつも雨に当たらずに戻《もど》る時哉《ときや》のことを話すと、おばあちゃんは、

「お母さんに守《まも》られているのかもね。」

と、ほほえんだ。

# 五・スケッチブック

紗理奈《さりな》は、眠《ねむ》れない夜、スケッチブックを開《ひら》く。鉛筆《えんぴつ》でただ、大まかに描《えが》くだけだが、心がすーっと静《しず》まるのがわかる。あの噂《うわさ》が広がってからは、進《すす》んで父のアトリエに入ることもないし、コンクールに出すこともない。ただ、スケッチブックに絵を描《か》くことは、紗理奈《さりな》にとって、食事《しょくじ》をすることであり、眠《ねむ》ることでもあった。命《いのち》を紡《つむ》ぐのと同じことなのだ。

ぼんやりスケッチしていると、なんだか見たことのあるような顔になった。美《うつく》しくりんとした横顔《よこがお》は、時哉《ときや》に似《に》ている。でも、時哉《ときや》ではない。長い髪《かみ》を描《か》きこむ。眼《め》の光に自分が映《うつ》るような気がする。お母さんだ。それは、久《ひさ》しぶりに見るお母さんの姿《すがた》だった。泣《な》いている顔でなく、明るい顔が見たい。口角を上げた。小さいけれどふっくらとした唇《くちびる》。ほほえみの顔になる。

「お母さん。」

思わず、スケッチブックを抱《だ》きしめた。

それから、紗理奈《さりな》はいつでもお母さんと会えるようになった。スケッチブックの中のお母さんは変幻自在《へんげんじざい》だ。優《やさ》しい顔、悲《かな》しみをたたえた顔、紗理奈《さりな》を見つめる顔。そこには、時哉《ときや》もお父さんもいない。お母さんと紗理奈《さりな》の静《しず》かな時間があった。

あるとき、紗理奈《さりな》はお母さんと一緒《いっしょ》に食事《しょくじ》をする姿《すがた》を描《か》いた。お母さんが作ったおみそ汁《しる》と卵焼《たまごや》きを食べる自分と、それを優《やさ》しく見つめるお母さん。お母さんのほほえみは美《うつく》しく、それでいて今にも語りだしそうな愛《あい》にあふれている。

また、あるとき、紗理奈《さりな》は自分と手をつなぎ砂浜《すなはま》を歩くお母さんの姿《すがた》を描《か》いた。白い砂浜《すなはま》の上を語りながら歩く親子。紗理奈《さりな》は恋《こい》の悩《なや》みでも話しているのだろうか。少しはにかんだ少女とそれを見つめるお母さんの驚《おどろ》きに似《に》た表情《ひょうじょう》。海はおだやかにきらめいている。

明け方、紗理奈《さりな》は目覚《めざ》めた。物悲《ものがな》しいような、胸《むね》がふさがれるような気持《きも》ちだった。

もう一度《いちど》目を閉《と》じて、耳を澄《す》ます。サワサワと風の音が聞こえる。そうだ。夢《ゆめ》を見ていた。どんな夢《ゆめ》か思い出そうとしたが、どうしても思い出せなかった。紗理奈《さりな》はもどかしい気持《きも》ちになった。今日一日、いやなことが起《お》こらないよう、スケッチブックのお母さんに祈《いの》った。

その日の放課後《ほうかご》だった。担任《たんにん》の沢田《さわだ》先生に、紗理奈《さりな》は呼《よ》びとめられた。

「結城《ゆうき》さん、今年は絵画コンクールに出さないの？」

紗理奈《さりな》は、何も言わず目を伏《ふ》せた。

「先生も噂《うわさ》は知ってるよ。でも、でたらめでしょ。あなたが描《か》いた絵はすばらしいってこと、ちゃんと証明《しょうめい》してみようよ。」

紗理奈《さりな》は、沢田《さわだ》先生を見上げた。うれしかった。それなのに、勇気《ゆうき》が出ない。

「もう、いいです……。」

「あなた絵が好《す》きなんでしょ？」

紗理奈《さりな》は、教室を飛《と》びだした。もう、どうでもいい。コンクールなんて出したくない。校門まで走ると、そこに香澄《かすみ》と千草《ちぐさ》がいた。親友と思っていた千草《ちぐさ》が、香澄《かすみ》と一緒《いっしょ》にいたことにショックを感《かん》じる。

「紗理奈《さりな》、どうしたの？」

千草《ちぐさ》は、目を合わさずに、そう聞いてきた。

「なんでもない。急《いそ》ぐから走ってきた。」

「紗理奈《さりな》って、走るのも速《はや》いね。アスリートになったほうがいいんじゃない。」

香澄《かすみ》が、ばかにするように笑《わら》った。千草《ちぐさ》を見ると、千草《ちぐさ》も笑《わら》っている。

紗理奈《さりな》は、無言《むごん》で歩きだす。

「待《ま》って。ねえ、これから香澄《かすみ》の家に行くから、紗理奈《さりな》も行かない?」

千草《ちぐさ》がためらいがちに言った。

「わたし、行かない。」

「香澄《かすみ》って結構《けっこう》おもしろいのよ。紗理奈《さりな》もおいでよ。」

千草《ちぐさ》は、なおも誘《さそ》う。

「無理《むり》しなくてもいいよ。どうせ紗理奈《さりな》はわたしのことがきらいだもんね。」

香澄《かすみ》は、吐《は》きすてるように言った。

千草《ちぐさ》は、自分の友だちだと思ってきた。それなのに、どうして香澄《かすみ》と仲良《なかよ》くするのか……。紗理奈《さりな》は不思議《ふしぎ》だった。

「そんな顔しないで、紗理奈《さりな》。この頃《ごろ》いつも暗《くら》いから、一緒《いっしょ》にいても楽しくない。わたしがどんなに励《はげ》ましても無駄《むだ》なの？」

紗理奈《さりな》は、やっとの思いで首を振《ふ》る。ただ、その後は声が出ない。千草《ちぐさ》の言葉《ことば》、楽しくないという言葉《ことば》が胸《むね》にささった。噂《うわさ》を流《なが》したかもしれない香澄《かすみ》と一緒《いっしょ》の千草《ちぐさ》。楽しければそれでいいのか、とくやしさが込《こ》みあげてくる。

「行くよ、千草《ちぐさ》。」

香澄《かすみ》が歩きだす。千草《ちぐさ》も後に続《つづ》く。振《ふ》りかえりもせず歩く二人が小さくなっていく。

紗理奈《さりな》は唇《くちびる》をかみしめ、ずっと見つめていた。

# 六・遠野《とおの》

夏休み、紗理奈《さりな》は、おばあちゃんのいる遠野《とおの》へ行くことにした。自分から、おばあちゃんの家に遊《あそ》びに行ってもいいかと電話で聞いたら、喜《よろこ》んで受《う》けいれてくれた。噂《うわさ》のこと、千草《ちぐさ》とのことがあり、もうこの町にいたくないというのが本音だ。ただ、時《とき》哉《や》のことが少し気がかりだ。

「お姉ちゃん、行くの？」

「行くよ。時哉《ときや》も一緒《いっしょ》に来てもいいんだよ。」

「ぼくは、サッカーチームの夏合宿《なつがっしゅく》があるから、行けない。」

「お姉ちゃん、いなくても大丈夫《だいじょうぶ》？」

「平気《へいき》、平気《へいき》。夏休みはお父さんも早く帰ってくるしね。大変《たいへん》なときは、中山《なかやま》さんに来てもらうっていうし。」

時哉《ときや》は笑顔《えがお》だ。

「じゃあ、大丈夫《だいじょうぶ》だね。行ってきます。」

お父さんも明るい顔で送《おく》ってくれた。

「おばあちゃんによろしくな。」

「うん。」

紗理奈《さりな》は軽《かる》くうなずき、それから、玄関《げんかん》を出た。アスファルトが、やけにやわらかく感《かん》じる。朝から暑《あつ》い日だった。


電車で大宮駅《おおみやえき》まで行き、東北新幹線《とうほくしんかんせん》に乗《の》る。新花巻駅《しんはなまきえき》から釜石線《かまいしせん》に乗《の》りかえ遠野《とおの》へ向《む》かう。おばあちゃんの家に着《つ》いたときは、午後四時を回っていた。家の庭《にわ》には、大きな白いフヨウの花が咲《さ》いていた。近くでセミの声が聞こえる。

玄関《げんかん》の戸に手をかける。抵抗《ていこう》もなく横《よこ》に動《うご》く。

「こんにちは、おばあちゃん。」

紗理奈《さりな》は、おばあちゃんに声をかける。

「紗理奈《さりな》、よく来たこと。」

うれしそうな声とともに、おばあちゃんが現《あらわ》れた。涼《すず》しそうな水色のブラウスを着《き》ている。前に会ったときより、少しやせたような気がする。紗理奈《さりな》の顔を見ると、体の動《うご》きが止まった。一瞬《いっしゅん》だが、遠くを見る目になり、すぐに視線《しせん》が戻《もど》る。

「たまげだ。紗理奈《さりな》があんまり大人《おとな》っこになったもんだから……。」

「大人《おとな》なんて、言われたことないよ。それより、おばあちゃん、元気だった？」

「元気だよ。んでも、今年の夏は暑《あつ》くて体にこたえる。年のせいかもね。」

おばあちゃんは、胸《むね》に手を当てながら少し笑《わら》った。

「無理《むり》しちゃだめだよ。夏休み中は、わたしがお手伝《てつだ》いするから、おばあちゃんは、少しのんびりするといいよ。」

「どうもね。紗理奈《さりな》が来てくれて、うれしいよ。でも、時《とき》ちゃんとお父さんは、紗理《さり》奈《な》がいないと大変《たいへん》だべ。」

「ううん。時哉《ときや》だって、洗濯《せんたく》くらいできるし。お父さんは、夏休みで早く帰れるし、それに家政婦《かせいふ》の中山《なかやま》さんがたまに来てくれるし。何も心配《しんぱい》ないよ。」

「んだか。そうさな。中山《なかやま》さんが来てくれれば、安心《あんしん》だ。ゆっくり、遠野《とおの》を楽しんでいけばいい。」

「うん。ありがとう。」

紗理奈《さりな》は、ほっとしていた。遠野《とおの》では、誰《だれ》に気兼《きが》ねすることもないし、友だちのことで悩《なや》むこともない。

「そうだ。紗理奈《さりな》に食べさせようと思って、畑《はたけ》から取《と》ってきてだった。」

そう言って、おばあちゃんは、ゆでたトウモロコシを出してくれた。まだ、湯気《ゆげ》が立っている。

「わあ、おいしそう。ゆでたてだね。あれ、この黒いのは?」

黄色いトウモロコシと黒いトウモロコシがお皿《さら》の上にのっている。

「ああ、モチキミだ。しばらくぶりで作ったから、紗理奈《さりな》は知らないかもね。食べてごらん。」

　おばあちゃんが勧《すす》めたモチキミという黒いトウモロコシを手に取《と》る。初《はじ》めて食べるのに、なんだか懐《なつ》かしい気《き》持《も》ちに包《つつ》まれる。ハーモニカを吹《ふ》くように口をすべらせながら、モチキミをかじる。甘《あま》くはないが、豊《ゆた》かな香《かお》りがする。かための皮《かわ》に歯《は》を当てると、とろりとした食感《しょっかん》が口の中で広がった。

「おいしい。」

「んだべ。」

おばあちゃんの顔がほころんだ。

「これは、紗理奈《さりな》のお母さんが子どもの頃《ころ》から好《す》きだったんだよ。あんまり甘《あま》くないから、うまくないっていう人もあるけどな。しばらく作ってなかったんだども、今年、急《きゅう》に作りたくなってね。なんぼか植《う》えたんだ。」

「そうなんだ。」

紗理奈《さりな》は、お母さんの好《す》きだったモチキミを大事《だいじ》に食べた。黒いトウモロコシの色の濃淡《のうたん》がきれいだと思う。近くにお母さんがいるような気がした。

翌日《よくじつ》、おばあちゃんが定期通院《ていきつういん》なので、一緒《いっしょ》に病院《びょういん》まで行くことにした。

「いつも、車で行くんだども、最近《さいきん》は運転《うんてん》を控《ひか》えてっから、タクシーで行くよ。」

「そのほうがいいよ。わたしも、早く免許《めんきょ》の取《と》れる年になりたいな。」

「紗理奈《さりな》は十二歳《さい》だから、まだまだだなあ。それまで、おばあちゃん生きていっかなあ……。」

「やだ。変《へん》なこと言わないでよ。まだまだ大丈夫《だいじょうぶ》だよ。」

「んだよね。ごめんよ。」

おばあちゃんは、紗理奈《さりな》を見て少し笑《わら》った。

表《おもて》で、ピッと車のクラクションが鳴った。タクシーが着《つ》いたようだ。紗理奈《さりな》とおばあちゃんは、急《いそ》いで玄関《げんかん》を出た。


病院《びょういん》で診察《しんさつ》をし、おばあちゃんはいくつかの検査《けんさ》を受《う》けることになった。待《ま》っている間に、おばあちゃんは、バッグから封筒《ふうとう》を差《さ》しだした。

「検査《けんさ》が終《お》わるまでに、まだ三、四時間くらいかかると思う。その間、待《ま》っているのも退屈《たいくつ》だろうから、遠野《とおの》の町や名所《めいしょ》を見ておいで。この封筒《ふうとう》にお昼代《ひるだい》が入っているからね。」

「わかった。ありがとう。じゃあ、二時くらいに待合室《まちあいしつ》に戻《もど》るからね。」

封筒《ふうとう》を受《う》けとり、席《せき》を立った。どこへ行こうか、迷《まよ》いながら病院《びょういん》を出る。前に来たのはいつだっただろう。低学年《ていがくねん》のときは、河童淵《かっぱぶち》や昔話《むかしばなし》を聞かせてくれる語り部《かたりべ》さんのいる、伝承館《でんしょうかん》によく行った。お話を聞くのが楽しみで、朝から夕方までいたこともあった。おかげで、遠野《とおの》に伝《つた》わる不思議《ふしぎ》な話を集《あつ》めた『遠野物語《とおのものがたり》』には、結構詳《けっこうくわ》しくなった。

ふと、「寒戸《さむと》の婆《ばあ》」の話を聞いたときのことが頭をよぎった。娘《むすめ》が神隠《かみかく》し*にあい、三十年余《あま》りたったある日、おばあさんになって帰ってくるが、また山へ戻《もど》っていくという話だ。この話のように、いなくなった人がいつかまた帰ってくるといいのにと、紗理奈《さりな》は思う。風の激《はげ》しく吹《ふ》くある日、「寒戸《さむと》の婆《ばあ》」のようにお母さんが戻《もど》ってきたら、どんなにいいだろう。

足の向《む》くままに歩いていたら、いつのまにか「とおの物語研究所《ものがたりけんきゅうじょ》」と書かれている建物《たてもの》の前に立っていた。観光客《かんこうきゃく》らしき三人の女の人たちが入ろうとしていた。その後に続《つづ》くように入ってみる。

中には、『遠野物語《とおのものがたり》』のたくさんの資料《しりょう》が展示《てんじ》されていた。ぱらぱらとめくって、

なんとなく「寒戸の婆《さむとのばあ》」を探《さが》す。寒戸《さむと》の字が見えたとき、後ろから声をかけられた。

「綾《あや》……？」

振《ふ》りむくと、中年の女の人が、とまどった顔で立っていた。この研究所《けんきゅうじょ》の人なのかもしれない。薄《うす》いベージュのスーツを着《き》て、胸《むね》にはネームプレートをつけている。紗理奈《さりな》の顔を見ると、はっとした顔になった。

「ごめんなさい。友だちによく似《に》ていたから思わず……。もう亡《な》くなっているから、そんなわけないのにね……。」

＊神隠《かみかく》し……突然《とつぜん》、子どもや娘《むすめ》などが行方不明《ゆくえふめい》になること。

紗理奈《さりな》は、その人の顔をじっと見た。どこかで見たような気がする。

「わたしの母は、綾《あや》という名前です。もしかして、母のことですか？」

その人の目が輝《かがや》いた。

「あなた、綾《あや》さんの娘《むすめ》さん？　もしかして、紗理奈《さりな》ちゃんなの？」

紗理奈《さりな》は、うなずいた。

「まあ、こんなに大きくなって……。わたし、綾《あや》さんの高校の同級生《どうきゅうせい》で高木真紀《たかぎまき》といいます。この研究所《けんきゅうじょ》で案内《あんない》のボランティアをしています。」

その人は、人なつこそうな笑顔《えがお》を向《む》けた。

「そうだ。もうすぐお昼休みだから、よかったらお昼《ひる》ご飯一緒《はんいっしょ》に食べない？」

紗理奈《さりな》はうなずいて、高木《たかぎ》さんを待《ま》つことにした。お母さんのことをもっと知りたかった。

高木《たかぎ》さんは、近くの和風《わふう》レストランへ案内《あんない》してくれた。店の中は、ランチタイムで混《こ》んでいたが、高木《たかぎ》さんが入ると、窓際《まどぎわ》の予約席《よやくせき》に案内《あんない》された。

「ここ、知り合いのお店だから、ボランティアの日は、予約《よやく》しているの。」

高木《たかぎ》さんは、いたずらっぽく笑《わら》った。お母さんと同じ年なら、三十九歳《さい》だ。目がくるくると動《うご》き、魅力的《みりょくてき》な人だと思った。

「紗理奈《さりな》ちゃんは、中学生？」

「いいえ、六年です。」

「そうなの。やっぱり綾《あや》と似《に》ているわね。」

「そうですか？　母と似《に》ていますか。」

「ええ。持《も》っている雰囲気《ふんいき》が綾《あや》を思い出させる。」

紗理奈《さりな》は、うれしかった。時哉《ときや》は生まれたときからお母さんそっくりだった。いつだって時哉《ときや》がうらやましかったから……。

「遠野《とおの》には、毎年、来ているの？」

「いいえ、二年生くらいまでは毎年のように来ていたんですが、この頃《ごろ》は来ていなくて……。でも、夏休みだし、思いきって一人で来てみました。」

「そうなの。おばさん、紗理奈《さりな》ちゃんにはおばあちゃんだね。喜《よろこ》ばれたでしょ？」

「ええ。わたしもうれしくなりました。」

「今日は、一人で来たの？」

「おばあちゃんの定期通院《ていきつういん》があって、病院《びょういん》まで一緒《いっしょ》に来たんです。でも、検査《けんさ》がたくさんあるから、外出してこいと言われて、それで、研究所《けんきゅうじょ》に来てみたんです。」

「そうだったの。偶然《ぐうぜん》って本当にあるのね。紗理奈《さりな》ちゃんに会えるなんてね。」

紗理奈《さりな》も、高木《たかぎ》さんの言葉《ことば》にうなずいた。

「紗理奈《さりな》ちゃん。わたしに聞きたいことある？　お母さんのことなら、なんだって、知っているんだから。なにせ、大親友だったもの。」

「えーと……。あの、高木《たかぎ》さん。母は高校生のとき、部活《ぶかつ》は何をしていましたか。」

「部活《ぶかつ》？　本当は、わたしと一緒《いっしょ》に演劇部《えんげきぶ》に入ろうって誘《さそ》ったのに、綾《あや》はおとなしい性格《せいかく》だったから断《ことわ》られちゃって。三年間、美術部《びじゅつぶ》だった。」

「美術部《びじゅつぶ》？」

紗理奈《さりな》は驚《おどろ》いた。お母さんがお父さんの絵のモデルをしたことは聞いたことがあったけど、お母さんも絵を描《か》いていたとは……。

「あれっ？　知らなかったの。綾《あや》はすごく絵がうまくて、本当は美大《びだい》に進《すす》みたかったけど、資格《しかく》があったほうがいいっておばさんに言われて、栄養士《えいようし》の資格《しかく》が取《と》れる女子大に入ったのよ。」

「そうだったんですか。」

紗理奈《さりな》は、お母さんの絵を見たことがなかった。どんな絵を描《か》いていたのか知りたいと思った。

「お待《ま》たせしました。和風《わふう》Aランチです。」

ウェイトレスさんが、ランチを運《はこ》んできた。

「さあどうぞ。釜飯《かまめし》と卵焼《たまごや》き、お吸《す》い物《もの》とデザートのケイラン、おいしいよ。」

高木《たかぎ》さんが、ランチの説明《せつめい》をしてくれた。

「ケイラン？」

「それ、鶏《にわとり》の卵《たまご》に似《に》ているでしょ。だからケイラン。中にあんこが入ったデザート。わたしも小さな頃《ころ》から大好《だいす》きなのよ。」

紗理奈《さりな》は、ケイランを見つめた。お母さんも食べたことがあったのだろうかと、ふと思った。

食事《しょくじ》を終《お》えてから、高木《たかぎ》さんにもう一つ質問《しつもん》をした。

「あの、遠野《とおの》の町で母が好《す》きだった場所《ばしょ》、ありますか。」

「あるある。綾《あや》はちょっと変《か》わっていたから、人が行かないところだけど、大好《だいす》きでよく行っていた場所《ばしょ》があったよ。」

「どこですか。」

「小西町《こにしちょう》の西清院《さいせいいん》ってお寺。よく行ってた。」

「お寺ですか。」

紗理奈《さりな》は、なぜか心がざわついた。

「そう。そこにある絵が好《す》きだったの。わたしも一度《いちど》だけ綾《あや》についていってみたことがある。よかったら、行ってみて。」

「は、はい。」

「もしかして、紗理奈《さりな》ちゃんも絵を描《か》くのが好《す》き？」

高木《たかぎ》さんの質問《しつもん》に、紗理奈《さりな》は、

「いいえ、絵は全然《ぜんぜん》……。」

と、言ってしまった。

ランチ代《だい》をおばあちゃんからもらった封筒《ふうとう》から出そうとしたけど、高木《たかぎ》さんにさえぎられた。

「いいのよ。紗理奈《さりな》ちゃんに会えてうれしかった。綾《あや》に会えたような気持《きも》ちになった。月、水は研究所《けんきゅうじょ》にいるから、また、よかったら来てね。」

そう言って、名刺《めいし》をくれた。

「ありがとうございます。」

紗理奈《さりな》は、おじぎをして高木《たかぎ》さんと別《わか》れた。腕時計《うでどけい》を見ると、一時だった。今日は、西清院《さいせいいん》に行く時間はない。病院《びょういん》に戻《もど》ることにした。

待合室《まちあいしつ》に行っても、おばあちゃんの姿《すがた》はなかった。

検査《けんさ》がまだ終《お》わらないのかもしれない。紗理奈《さりな》は、採血室《さいけつしつ》やCT《シーティー》*の部屋《へや》の前に行ってみた。けれど、おばあちゃんはいない。処置室《しょちしつ》の前を通ったとき、看護師《かんごし》さんに声をかけられた。

「紗理奈《さりな》さん？」

「はい。そうです。」

「よかった。おばあちゃん、ここで点滴《てんてき》をしています。あと、三十分ぐらいで終《お》わりますからね。」

看護師《かんごし》さんは、紗理奈《さりな》を手招《てまね》きして奥《おく》のベッドに案内《あんない》した。カーテンを開《あ》けると、おばあちゃんが横《よこ》たわっていた。

「おばあちゃん、大丈夫《だいじょうぶ》？」

「大丈夫《だいじょうぶ》。なんともないよ。夏負《なつま》けして、食欲《しょくよく》がないって言ったら、点滴《てんてき》したほうがいいって言われたんだ。」

紗理奈《さりな》は、おばあちゃんのベッドの前にある椅子《いす》に座《すわ》った。

「お昼《ひる》ご飯《はん》、食べたの？」

おばあちゃんが聞いた。

「うん。おいしいご飯《はん》食べたよ。おばあちゃん、お母さんの同級生《どうきゅうせい》で高木真紀《たかぎまき》さんって知ってる？」

「高木《たかぎ》さん？　ああ、知ってるよ。かわいい子だった。よく家にも遊《あそ》びにきてだった。」

「とおの物語研究所《ものがたりけんきゅうじょ》で高木《たかぎ》さんに会ったの。それで、高木《たかぎ》さんにごちそうになったの。」

「そりゃあよかったなあ。んでも、よぐ紗理奈《さりな》のこと綾《あや》の娘《むすめ》だとわかったなあ。」

おばあちゃんは首をかしげた。

＊CT《シーティー》……X線《エックスせん》を用いた医療用《いりょうよう》コンピューターによる撮影《さつえい》。

「そうだよね。わたし、お母さんと似《に》てないよね。時哉《ときや》だったら、よく似《に》てるんだけど。」

「いや、やっぱり、似《に》てるんだ。実《じつ》の親子だもんな。時哉《ときや》は目鼻立《めはなだ》ちが似《に》てるが、紗《さ》理奈《りな》は雰囲気《ふんいき》が似《に》ている。おらも紗理奈《さりな》が来たとき、時間が戻《もど》ったような気がした。」

紗理奈《さりな》は、うれしかった。小さな頃《ころ》からお母さんのようになりたいとずっと思っていた。

「高木《たかぎ》さんに、わたしがお母さんの娘《むすめ》だって言ったら、わたしの名前、紗理奈《さりな》だってわかったの。わたしも、会ったことあったのかな。」

「ああ、紗理奈《さりな》が小さいときに、お母さんとしばらく遠野《とおの》にいたから、何回か見にきたよ。最後《さいご》に会ったのは、綾《あや》の葬式《そうしき》のときだなあ。」

そんなことを話しているうちに、看護師《かんごし》さんがやってきた。

「これで、点滴《てんてき》は終《お》わりですよ。」

「ありがとうございます。おかげさんでした。」

おばあちゃんは、深々《ふかぶか》と頭を下げた。

「会計を済《す》ませ、気をつけてお帰りください。」

「ありがとうございました。」

紗理奈《さりな》も、お礼《れい》を言って、おばあちゃんと一緒《いっしょ》に歩きだした。


夜、夕飯《ゆうはん》の片《かた》づけを終《お》え、紗理奈《さりな》は客間《きゃくま》に入る。こっちにいる間、自由《じゆう》に使《つか》っていいとおばあちゃんに言われている十畳《じょう》の和室《わしつ》だ。テレビと座卓《ざたく》しかない。いつもベッドに寝《ね》ているため、布団《ふとん》を敷《し》いたり、たたんだりすることが新鮮《しんせん》だ。

千葉《ちば》から持《も》ってきたスケッチブックを開《ひら》く。そこには、お気に入りのお母さんの姿《すがた》がある。研究所《けんきゅうじょ》の高木《たかぎ》さんの顔が思いうかぶ。二人は、親友だったんだ。セーラー服《ふく》を着《き》た女子生徒《じょしせいと》を描《えが》く。一人はお母さんで、一人は高木《たかぎ》さん。何気ない話をしている、笑顔《えがお》の二人。親友のいるお母さんがうらやましいなと思いながら……。

# 七・西清院《さいせいいん》

遠野《とおの》に来てから、紗理奈《さりな》は食事《しょくじ》のしたくを手伝《てつだ》うことにした。小さな頃《ころ》から中山《なかやま》さんの料理《りょうり》の仕方《しかた》を見てきた。料理《りょうり》を作ることは、絵を描《か》くことに似《に》ている。色彩《しきさい》を生かすこと、香《かお》りを生かすこと、できあがりのイメージを持《も》つことなど、フルに五感《ごかん》を使《つか》う。そうした作業《さぎょう》が、紗理奈《さりな》は好《す》きだ。

おばあちゃんの料理《りょうり》はシンプルだ。

魚を焼《や》く。トマトやキュウリを切る。カボチャを煮付《につ》ける。ナスを焼《や》く。それだけでも、すごくおいしい。

「いつも一人だから、簡単《かんたん》なものばっかりになる。んでも、なんたって新鮮《しんせん》だから、うまいんだ。」

おばあちゃんは、うれしそうに料理《りょうり》をする。

「おばあちゃん、わたし、サラダ作ってもいい?」

「ああ、頼《たの》むよ。」

紗理奈《さりな》は、白いお皿《さら》にスライスしたトマトをお花のように並《なら》べ、中心にコーン、外《そと》側《がわ》にキュウリをあしらう。

「あら、なんたらきれいだこと。紗理奈《さりな》は料理上手《りょうりじょうず》だね。」

おばあちゃんは、喜《よろこ》んで食べてくれた。

庭《にわ》には、トマトやナス、キュウリなどがたくさん植《う》えられており、野菜《やさい》はほとんど買う必要《ひつよう》はない。新鮮《しんせん》な野菜《やさい》を時哉《ときや》やお父さんにも食べさせたいなと思う。

(時哉《ときや》はどうしているかな。)

時哉《ときや》のことを考えると、紗理奈《さりな》は少しだけ帰りたくなる。だけど、おばあちゃんの家にいると、何もかもが快適《かいてき》だ。田舎《いなか》のほうが性《しょう》に合っているのだと思う。いっそ、中学校はこっちに入ろうかなどと考えはじめていた。

夜、時哉《ときや》にLINEをする。

（時哉《ときや》、元気？　何か困《こま》ったことはない？）
（大丈夫《だいじょうぶ》。サリ姉いなくて、外食三昧《ざんまい》。）
（ずるーい。）
（へっへっへ、くやしかったら帰ってきな。）
（やーだよ！　こっちもおいしいものばっかりだよ。）
（ばーちゃんも元気？）
（元気だよ。）
（よかった。）
（じゃあ、お父さんによろしく。）
（☺）
いつもどおりの時哉《ときや》の反応《はんのう》にうれしくなる。
翌日《よくじつ》は水曜、高木《たかぎ》さんが研究所《けんきゅうじょ》にいる日だ。また、会って、お母さんのことが聞きたい。おばあちゃんも、調子《ちょうし》がよさそうだし、行ってみようか。その前に、お母さんの好《す》きだった西清院《さいせいいん》へ行ってみたいと、一瞬《いっしゅん》思った。西清院《さいせいいん》のことを考えるたび、体がざわざわした。何かが起《お》こるかもしれない。なんだかそこに、見てはならないものがあるのかもしれないという予感《よかん》がした。

「おはよう。おばあちゃん。調子《ちょうし》どう?」

「病院《びょういん》で点滴《てんてき》してもらったら、なんか体がすっきりしたよ。つきあってもらって、ありがとうね。」

「よかった。」

紗理奈《さりな》は、ほっと胸《むね》をなでおろす。

「朝《あさ》ご飯《はん》食べたら、ちょっと出かけてきたいんだけど、いいかな。」

「いいども、どごさ?」

おばあちゃんが、紗理奈《さりな》の顔を見てほほえむ。

「うん、図書館《としょかん》。ちょっと調《しら》べたいものがあるの。」

「そうが。行ってこい。気をつけてな。」

紗理奈《さりな》はなぜか、正直《しょうじき》にお寺に行くことを話せなかった。おばあちゃんは、お母さんが西清院《さいせいいん》にある絵を好《す》きだったこと、知っていたのだろうか。朝食の片《かた》づけをしながら、そんなことを考える。

紗理奈《さりな》は、お気に入りの濃紺《のうこん》のチェックのワンピースに着替《きが》えると、黒いトートバッグに筆記用具《ひっきようぐ》と小さめのスケッチブック、スマホと財布《さいふ》を入れた。

バス停《てい》まで歩き、駅《えき》行きのバスに乗《の》る。バスには女子高生二人と観光客《かんこうきゃく》らしき若《わか》い男女、老人《ろうじん》が一人だけだった。西清院《さいせいいん》へ行くには、駅《えき》の三つ前で降《お》りる。バス停《てい》の名前を降《お》り口《ぐち》のドアの表示《ひょうじ》で確認《かくにん》する。

高校の前で女子生徒《じょしせいと》が二人降《お》りた。この高校は、お母さんの通った高校だ。女子高生のセーラー服《ふく》がかわいらしい。高木《たかぎ》さんとお母さんの姿《すがた》がドアの外の二人に重《かさ》なった。二人は、並木道《なみきみち》を通って校門の中へ消《き》えていった。

次《つぎ》のバス停《てい》を知らせるアナウンスが流《なが》れ、紗理奈《さりな》は急《いそ》いで降車《こうしゃ》ボタンを押《お》した。バス中のボタンが点灯《てんとう》する。バス停《てい》を降《お》り、小道に入ると、雨が降《ふ》ってきた。気象情報《きしょうじょうほう》を見たが、曇《くも》り後晴れの予報《よほう》だったはずだ。どうして、自分は雨に降《ふ》られるのか？時哉《ときや》だったら、こんなことは起《お》こらないだろうと紗理奈《さりな》は思う。西清院《さいせいいん》の門に立ったときは、ほぼずぶぬれになっていた。門の前で着物姿《きものすがた》の女の人が傘《かさ》を広げた。

「ちょっと寄《よ》っていかれませんか。」

六十歳《さい》くらいの色白で上品《じょうひん》な女の人だった。着物《きもの》からジャスミンのようないい香《かお》りがした。

「ありがとうございます。」

紗理奈《さりな》はうなずき、一緒《いっしょ》にお寺に入っていった。

「今日は、友引《ともびき》*だからお葬式《そうしき》もないし、買《か》い物《もの》に行こうと出たところに雨が降《ふ》ってきたから、傘《かさ》を取《と》りに戻《もど》ったところなの。よかったら、使《つか》ってね。」

女の人は、真《ま》っ白《しろ》なタオルを紗理奈《さりな》に差《さ》しだした。この人は、住職《じゅうしょく》の奥様《おくさま》ということだった。

*友引《ともびき》……古くから伝《つた》わる暦《こよみ》、「六曜《ろくよう》」の一つ。この日に葬儀《そうぎ》を行うことはきらわれる。

「すみません。助《たす》かります。」

紗理奈《さりな》は、タオルでさっと髪《かみ》と肩《かた》を拭《ふ》いた。一つにまとめた髪《かみ》のゴムをはずすと、黒髪《くろかみ》が肩《かた》のところまで届《とど》いた。奥様《おくさま》は、紗理奈《さりな》を見つめた。

「前に会ったことがあったかしら?」

「いいえ。」

紗理奈《さりな》は首を振《ふ》りながら、高木《たかぎ》さんが『綾《あや》』と呼《よ》んだことを思い出した。もしかして、この人もお母さんに会ったことを思い出しているのかもしれない。

「不思議《ふしぎ》ねえ、なんだか遠い昔《むかし》を思い出したの。その頃《ころ》、あなたは生まれていないのに……。」

奥様《おくさま》は天井《てんじょう》を見上げて、ふっとほほえんだ。

「あの……。このお寺に絵があると聞いたのですが、見せていただくこと、できますか。」

「絵ですね。ありますよ。古いものは二百年も前の絵ですけど。どうぞ、こちらへ。」

奥様《おくさま》の後をついて、お寺の奥《おく》へ入っていく。すると、壁一面《かべいちめん》に浮世絵《うきよえ》のような日本画がいくつも掛《か》けられていた。

絵の前に立ったとき、紗理奈《さりな》の身《み》に、不思議《ふしぎ》なことが起《お》きた。突然《とつぜん》、大きな衝撃《しょうげき》が走ったのだ。紗理奈《さりな》は息《いき》もできず、立ちすくんでいた。

（この絵に出会うため、わたしは生きてきたのだ。）

涙《なみだ》があふれる。その涙《なみだ》は悲《かな》しみの涙《なみだ》ではない。泉《いずみ》のようにわきでる温《あたた》かな涙《なみだ》だ。

およそ二百年も前に描《か》かれた絵は紗理奈《さりな》に生きてきた意味《いみ》を語りかけるかのように、そこに存在《そんざい》している。

「この絵は供養絵《くようえ》といいます。」

いつのまにか、お寺の住職《じゅうしょく》が奥様《おくさま》の横《よこ》に立っていた。

「くようえ？」

初《はじ》めて聞く言葉《ことば》に、紗理奈《さりな》は首を傾《かし》げる。

「供養《くよう》という言葉《ことば》は、聞いたことがありますか。」

「はい。」

住職《じゅうしょく》は静《しず》かな気品《きひん》に満《み》ちた声で話しだした。

「これは、亡《な》き者《もの》のための絵です。」

「亡《な》き者《もの》の？」

「そうです。この世《よ》を去《さ》った者《もの》が、もし生きていたらこんなことをしているだろうとか、こんなふうに幸《しあわ》せに暮《く》らしてほしいという願《ねが》いを込《こ》めて描《か》かれた絵なのです。おもに裕福《ゆうふく》な依頼主《いらいぬし》が絵師《えし》に描《か》かせたものですが、死者《ししゃ》にとってはこの上ない供養《くよう》になるものです。それで供養絵《くようえ》と呼《よ》ばれています。」

紗理奈《さりな》は見つめた。幸《しあわ》せそうな供養絵《くようえ》の数々《かずかず》を……。それは、板《いた》に描《か》かれた古い絵だったが、ある者《もの》は家族《かぞく》に囲《かこ》まれ、ある者《もの》は婚礼《こんれい》のうたげの中にいた。中でも、紗理《さり》奈《な》の心を強くひきつけた一枚《まい》の絵は……。喜々《きき》として遊《あそ》ぶ幼子《おさなご》のそばにほほえむ慈愛《じあい》に満《み》ちた母の姿《すがた》だった。住職《じゅうしょく》は紗理奈《さりな》に言った。

「この絵の母親は、子どもを産《う》んですぐに亡《な》くなったと伝《つた》えきいています。多分、一《いち》度《ど》も我《わ》が子をその腕《うで》に抱《だ》いたことはなかったでしょう。葬式《そうしき》が済《す》んで、不《ふ》びんに思った母親の両親《りょうしん》が絵師《えし》に依頼《いらい》したということです。この絵によって、母親の無念《むねん》は少し晴れたのかもしれません。この慈愛《じあい》に満《み》ちた表情《ひょうじょう》は、まさに仏様《ほとけさま》そのものです。しかし、供養絵《くようえ》に描《か》かれた者《もの》だけが癒《い》やされるのではありません。幸《しあわ》せな姿《すがた》を祈《いの》る者《もの》こそ、真《しん》に癒《い》やされるのです。供養絵《くようえ》は残《のこ》された者《もの》のためにあるのかもしれませんね。」

（同じだ。）

紗理奈《さりな》は自分がスケッチブックに描《か》いたお母さんの絵を思いうかべる。

（わたしはお母さんを思い、お母さんにこがれ、描《か》いていた。同じだ。わたしは供養《くよう》絵《え》を描《か》いていたんだ。）

そのとき、奥様《おくさま》がつぶやいた。

「あなた、もしかして綾《あや》さんの？」

紗理奈《さりな》は、ハンカチで涙《なみだ》をぬぐうと、うなずいた。

「ええ。綾《あや》はわたしの母です。」

奥様《おくさま》が絶句《ぜっく》した。

「ああ……。綾《あや》さんの娘《むすめ》さんでしたか。どうりで面差《おもざ》しが似《に》ていらっしゃると思いました。」

住職《じゅうしょく》がつぶやいた。

「綾《あや》さん、だいぶ前に亡《な》くなったとお聞きしました。」

奥様《おくさま》が紗理奈《さりな》を見つめた。

「はい。わたしが三歳《さい》の頃《ころ》。もう九年になります。」

「そんなになるのですね。」

「きっと、今日、あなたがここに現《あらわ》れたのも、仏様《ほとけさま》になった綾《あや》さんのお導《みちび》きでしょう。綾《あや》さんは、この九年、あなたに寄《よ》りそっていらしたことと思います。それは、あなたが生きている以上《いじょう》変《か》わりません。」

住職《じゅうしょく》が、きっぱりと言いきった言葉《ことば》は、紗理奈《さりな》の心の奥底《おくそこ》にまで響《ひび》く。紗理奈《さりな》は、お母さんの思いを感《かん》じ、安《やす》らぎに包《つつ》まれていた。

紗理奈《さりな》は供養絵《くようえ》を見つめつづけた。一体どれほどの時間が過《す》ぎたのかわからない。

一瞬《いっしゅん》だったかもしれないが、何日も見ていたような不思議《ふしぎ》な感覚《かんかく》だった。

絵に光が差《さ》しはじめた。紗理奈《さりな》はふっと我《われ》に返《かえ》る。周《まわ》りには、住職《じゅうしょく》も奥様《おくさま》の姿《すがた》もなく、たった一人で本堂《ほんどう》に立っていた。時計を見ると、もうお昼を過《す》ぎていた。多分、ここに二時間くらい立っていたのだろう。

本堂《ほんどう》を出て、お寺の住居《じゅうきょ》との間の廊下《ろうか》で、紗理奈《さりな》は立ちどまる。

「ありがとうございました。」

声を出して、深々《ふかぶか》と頭を下げると、奥様《おくさま》が出てきた。

「いつでもいらっしゃい。」

「また、見せていただいてもよろしいですか。」

「ええ、綾《あや》さんも何度《なんど》もいらしていましたよ。」

奥様《おくさま》がほほえんだ。紗理奈《さりな》は、また深々《ふかぶか》とお辞儀《じぎ》をして、西清院《さいせいいん》を後にした。雨は上がり、爽《さわ》やかな風が吹《ふ》いていた。

# 八・手紙

紗理奈《さりな》は、西清院《さいせいいん》から、とおの物語研究所《ものがたりけんきゅうじょ》まで歩いた。高木《たかぎ》さんに会いたい。お母さんのことを教えてくれた高木《たかぎ》さんに会って、供養絵《くようえ》のことを話したいと思った。

研究所《けんきゅうじょ》に着《つ》くと、高木《たかぎ》さんは応接席《おうせつせき》で、年配《ねんぱい》の女性《じょせい》と話をしていた。なんとなく暗《くら》い陰《かげ》のある人だと、紗理奈《さりな》は思った。

紗理奈《さりな》に気づいて、高木《たかぎ》さんは立ちあがった。

「いらっしゃい。もしかして、来てくれるかなと思っていたよ。」

「先日は、ありがとうございました。今日、西清院《さいせいいん》に行ってきました。」

高木《たかぎ》さんは、ほほえみながら、向《む》かいの女性《じょせい》に話しかけた。

「景子《けいこ》先生、紹介《しょうかい》しますね。こちら、わたしの同級生《どうきゅうせい》の娘《むすめ》さんで、結城紗理奈《ゆうきさりな》さんです。」

「まあ、すてきなお嬢《じょう》さんだこと。わたしは山田景子《やまだけいこ》です。ずっと前に、ここでボランティアをしていました。」

「結城紗理奈《ゆうきさりな》です。小六です。よろしくお願《ねが》いします。」

紗理奈《さりな》は、景子《けいこ》先生にお辞儀《じぎ》をした。

「景子《けいこ》先生は、中学のときのわたしの恩師《おんし》なのよ。国語の先生をなさっていたの。」

「遠い昔《むかし》の話。わたしは子どもができたとき、退職《たいしょく》したから……。」

そのとき、景子《けいこ》先生の顔が曇《くも》った。そして、立ちあがった。

「そろそろ、わたしは帰りますね。紗理奈《さりな》さん、ゆっくりしていってね。」

「すみません。お話の途中《とちゅう》じゃなかったですか。」

紗理奈《さりな》は、申《もう》し訳《わけ》ない気持《きも》ちになった。

「そんなことありませんよ。午前中からずっといましたから。」

景子《けいこ》先生は、明るく言った。

「また、いらしてください。」

高木《たかぎ》さんもお辞儀《じぎ》をした。景子《けいこ》先生を見送《みおく》ると、高木《たかぎ》さんは、紗理奈《さりな》をさっきまで景子《けいこ》先生が座《すわ》っていたところに案内《あんない》した。

「景子《けいこ》先生、とても教え方が上手《じょうず》で、優《やさ》しくて、人気のある先生だったの。学校をお辞《や》めになるとき、悲《かな》しくて、ずっと泣《な》いていたこと、今も覚《おぼ》えている。その先生と二十年前にここで、再会《さいかい》したの。うれしかった。やっぱりご縁《えん》があったんだなあって、つくづく思った。でもね……。」

高木《たかぎ》さんは、口ごもってしまった。紗理奈《さりな》は、目を伏《ふ》せて、高木《たかぎ》さんの次《つぎ》の言葉《ことば》を待《ま》った。

「景子《けいこ》先生、とても、辛《つら》いことがあったの。」

紗理奈《さりな》は、景子《けいこ》先生を見たとき、暗《くら》い陰《かげ》を感《かん》じたことを思い出した。幼《おさな》い頃《ころ》から、人の不幸《ふこう》については、とても敏感《びんかん》だ。

「辛《つら》いこと……。」

「紗理奈《さりな》ちゃんも知っていると思うけど、東日本大震災《ひがしにほんだいしんさい》があったでしょ。そのとき、津波《つなみ》でお嬢《じょう》さんを亡《な》くしたの。先生のお嬢《じょう》さんは、その頃《ころ》、釜石《かまいし》というところに住《す》んでいたんだけどね。まだ、二十四歳《さい》だったそうよ。どんなに悲《かな》しかったか……。」

東日本大震災《ひがしにほんだいしんさい》は、紗理奈《さりな》が小さい頃《ころ》起《お》こった未曽有《みぞう》の災害《さいがい》であり、いまだに多くの人がその被害《ひがい》に苦《くる》しんでいる。

沿岸部《えんがんぶ》の町は、復興《ふっこう》に向《む》けて歩みだしたが、その一方で、心の傷《きず》の癒《い》えぬまま、立ちすくむ人々も少なくない。

「テレビや新聞は、一万五千人以上《いじょう》も亡《な》くなったり行方不明《ゆくえふめい》になったりしたと伝《つた》えるけど、*十把一《じっぱひと》からげではなく、一人一人に大事《だいじ》な家族《かぞく》や生活があったし、それぞれの幸《しあわ》せがあったんだよね。それが一瞬《いっしゅん》で崩《くず》れてしまったのがあの日、三月十一日。」

高木《たかぎ》さんの言葉《ことば》には重《おも》みがあった。それぞれの輝《かがや》きが、幸《しあわ》せが崩《くず》れたあの日を、決《けっ》して忘《わす》れることはできないのだと紗理奈《さりな》は思う。自分も大切な人を亡《な》くした苦《くる》しみを知っていたから……。

数分の沈黙《ちんもく》が続《つづ》いた。紗理奈《さりな》は、スーッと息《いき》を吸《す》いこみ、それから話しはじめた。

「高木《たかぎ》さんから西清院《さいせいいん》のことを聞いて、今日、思いきって行ってみました。」

「そう。」

「行ってよかったです。供養絵《くようえ》を見せていただきました。あの絵を見たとき、わたしは、お母さんとずっと同じ思いでつながっていたことがわかりました。」

「親子なのね。ひかれるものが同じなんて。」

高木《たかぎ》さんがつぶやいた。

「高木《たかぎ》さん、わたし……供養絵《くようえ》を描《か》いていたんです。」

紗理奈《さりな》の告白《こくはく》に、高木《たかぎ》さんは驚《おどろ》いた顔をした。

「えっ？　紗理奈《さりな》ちゃんが供養絵《くようえ》を描《か》いていたですって？」

「わたしは、お母さんの生きている姿《すがた》を想像《そうぞう》して、スケッチブックに描《か》いていました。それを供養絵《くようえ》とはいえないかもしれませんが、その思いは同じだと思うんです。」

高木《たかぎ》さんはうなずいた。

「実《じつ》はね、綾《あや》も描《か》いていたの。」

＊十把一《じっぱひと》からげ……いろいろな物事《ものごと》を区別《くべつ》せず、ひとまとめにして扱《あつか》うこと。

「えっ？」

今度《こんど》は、紗理奈《さりな》が驚《おどろ》く番だった。

「綾《あや》は、西清院《さいせいいん》に毎日のように通っているうちに、お墓参《はかまい》りに来る方たちと知り合い、その方たちの亡《な》くされた家族《かぞく》への深《ふか》い思いを聞いて、供養絵《くようえ》を描《か》きはじめたの。きっと、おばあちゃんは知っているよ。帰ったら聞いてごらん。」

「そうします。」

「供養絵《くようえ》って簡単《かんたん》に描《か》けるものじゃないと思う。本当に亡《な》くなった人や家族《かぞく》の心に寄《よ》りそわなければ描《か》けない。それを綾《あや》はやっていたんだよ。」

高木《たかぎ》さんの話を聞いて、紗理奈《さりな》は一刻《いっこく》も早くその絵を見たい衝動《しょうどう》に駆《か》られた。

「ありがとうございました。今日はこれで失礼《しつれい》します。」

研究所《けんきゅうじょ》を出ると、紗理奈《さりな》はバス停《てい》に立つ。十五分後のバスが、待《ま》ち遠しく感《かん》じた。

さっきまでの爽《さわ》やかな風はなく、真夏《まなつ》の太陽《たいよう》がじりじりと肌《はだ》に痛《いた》かった。

おばあちゃんの家に戻《もど》ると、隣《となり》の藤根《ふじね》さんが来て、お茶飲《ちゃの》みをしていた。

「こんにちは。」

紗理奈《さりな》があいさつをすると、

「まあ、綾《あや》ちゃんかと思った。すっかり娘《むすめ》さんらしくなったごと。」

藤根《ふじね》さんは目を細めて言った。

「弟の時哉《ときや》は、生まれたときから綾《あや》とそっくりだったども、紗理奈《さりな》は大きくなってから似《に》てきたのす。この間、来たときは、おらもびっくりしたのよ。」

お母さんに似《に》ているということは、紗理奈《さりな》にとってはうれしいことだったが、どこか気恥《きは》ずかしい感《かん》じもしてきた。

「ごゆっくりしていってください。」

紗理奈《さりな》は、お辞儀《じぎ》をすると部屋《へや》に引っこんだ。西清院《さいせいいん》でのこと、研究所《けんきゅうじょ》でのことが頭の中でぐるぐると回っていた。

畳《たたみ》の上で座布団《ざぶとん》を枕《まくら》にすると、睡魔《すいま》が襲《おそ》ってきた。供養絵《くようえ》を見ていた時間、あのときにかなり神経《しんけい》が集中《しゅうちゅう》していたに違《ちが》いない。いつのまにか心も体もくたくたになっていたのだった。

「紗理奈《さりな》。」

おばあちゃんの呼《よ》び声《ごえ》で目が覚《さ》めた。どうやら藤根《ふじね》さんは帰ったらしい。畳《たたみ》から起《お》きあがり、居間《いま》に行く。

「藤根《ふじね》さんから、お菓子《かし》をもらったから、お食べ。手作りの『明《あ》けがらす』だよ。」

『明《あ》けがらす』は遠野《とおの》の銘菓《めいか》で米粉《こめこ》、クルミ、ゴマを使《つか》って作ったお菓子《かし》だった。

「おいしそう。」

紗理奈《さりな》は、『明《あ》けがらす』を手に取《と》ると、急《きゅう》に空腹《くうふく》を感《かん》じた。昼《ひる》ご飯《はん》を食べることすら忘《わす》れていた。

「おいしいよ。藤根《ふじね》さんは本当に上手《じょうず》なんだ。おら、さっきも食べたども、またごっつおになるかな。」

おばあちゃんも、『明《あ》けがらす』を手に取《と》り、食べはじめた。

「どうして、これ、『明《あ》けがらす』って名前なんだろう。」

紗理奈《さりな》がつぶやくと、おばあちゃんが答える。

「これ、これ。お菓子《かし》の切り口のクルミが飛《と》んでいるカラスに見えないが？　クルミをカラスに見立てるんだと。朝方のカラスという意味《いみ》だと聞いたことがある。」

「ふーん。」

紗理奈《さりな》は、舌《した》にのったクルミを味《あじ》わいながら、おばあちゃんを見る。

「いけない。お仏壇《ぶつだん》に供《そな》えるのを忘《わす》れていた。」

おばあちゃんが、『明《あ》けがらす』の入った箱《はこ》を、そのまま仏壇《ぶつだん》に供《そな》えて、手を合わせた。

お母さんは、お父さんに嫁《とつ》いだので、仏壇《ぶつだん》にお位牌《いはい》*は入っていないが、おばあちゃんは、おじいちゃんとお母さんの二人分のお供《そな》えをいつもしていたのだ。

「これ、藤根《ふじね》さんが作った『明《あ》けがらす』だよ。二人とも好《す》きだったものなあ。」


*位牌《いはい》……死者《ししゃ》の霊《れい》をまつるため、その戒名《かいみょう》を記した木の札《ふだ》。

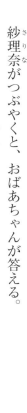

おばあちゃんが居間《いま》に戻《もど》ってから、紗理奈《さりな》は、本題《ほんだい》に入った。

「おばあちゃん、聞きたいことがあるんだけど。」

「なんだべ？」

「お母さんのこと。お母さん、絵を描《か》いていたの？」

その質問《しつもん》を投《な》げかけたとき、おばあちゃんの顔色がさーっと変《か》わった。

「なんで、紗理奈《さりな》がそんなこと知ってる？」

「高木《たかぎ》さんに聞いたの。美術部《びじゅつぶ》だったって。」

「そうか。それなら仕方《しかた》ないね。」

おばあちゃんは、天井《てんじょう》を見上げた。

「お母さんの描《か》いた絵があるんでしょ。見せてほしいの。お願《ねが》い。」

「それがね、もうないんだよ。」

「えっ？」

紗理奈《さりな》は耳を疑《うたが》った。こんなにお母さんを愛《あい》しているおばあちゃんが、絵を処分《しょぶん》したとは思えなかった。

「一枚《まい》くらいあるでしょ?」

「ないよ。全部《ぜんぶ》……全部《ぜんぶ》燃《も》やしてしまったがら。」

「うそ。信《しん》じられない。なんでそんなことしたの?」

紗理奈《さりな》は、声を荒《あら》らげた。

「見たくなかった。綾《あや》の描《か》いた絵を。綾《あや》をどうしても思い出すもんだがら。」

おばあちゃんの目には涙《なみだ》がにじんでいた。それを見て、紗理奈《さりな》は、追及《ついきゅう》することをやめた。おばあちゃんの深《ふか》い悲《かな》しみの心に土足で入ろうとした自分を恥《は》じた。

(ごめんなさい。おばあちゃんも辛《つら》かったんだね。)

紗理奈《さりな》は、心の中でそっとつぶやいた。

「綾《あや》は……。」

か細い声で、おばあちゃんは話しはじめた。

「連《つ》れていかれたんだ。あんなに根《こん》を詰《つ》めて、死人《しにん》の絵ばかり描《か》いていたから。」

「死人《しにん》？」

「ああ、お寺で出会った人の亡《な》くなった家族《かぞく》を描《か》いていた。あれほど、やめろと言ったのに。」

「それって、供養絵《くようえ》のことでしょ。お母さん、供養絵《くようえ》を描《か》いていたんだよね。」

紗理奈《さりな》は確《たし》かめたくて、ついつい声が大きくなる。

「供養絵《くようえ》だがなんだが知らないが死人《しにん》の絵は不吉《ふきつ》だ。何度《なんど》も、やめるように綾《あや》に言った。そしたら、高校卒業《そつぎょう》したら、きっぱり絵をやめるから、どうしても、今、描《か》かせてほしいと言われたんだ。仕方《しかた》なく許《ゆる》した。んでも、綾《あや》は魂《たましい》をこめすぎた。一作の絵を描《か》くごとに、取《と》りつかれたようにげっそり痩《や》せていく綾《あや》を見るのは辛《つら》がった。」

「でも、お母さんは、おばあちゃんとの約束《やくそく》を守《まも》ったんだね。わたし、お母さんが絵を描《か》いているところ見たことないもの。本当は、絵が大好《だいす》きで、描《か》きたくて、描《か》きたくてたまらなかったと思うよ。」

「そうか。約束守《やくそくまも》ってくれたんだ。」

「だから、お母さんは、お父さんが絵を描《か》くところを見るのが好《す》きだったんだ。」

紗理奈《さりな》は、お父さんから聞いた話を思い出していた。


その夜、紗理奈《さりな》はスケッチブックを広げた。そして描《か》いた。お母さんを。お母さんがおばあちゃんを抱《だ》きしめる姿《すがた》を。おばあちゃんは泣《な》いている。その涙《なみだ》は、悲《かな》しみを通りこして喜《よろこ》びに変《か》わっていた。


翌日《よくじつ》の朝、おばあちゃんは紗理奈《さりな》を奥《おく》の部屋《へや》へ連《つ》れていった。

「ここは綾《あや》の部屋《へや》だ。紗理奈《さりな》が使《つか》いたいものがあったら使《つか》ってもかまわないよ。」

紗理奈《さりな》は、初《はじ》めてこの部屋《へや》に足を踏《ふ》みいれた。今まで、この家に来ても、奥《おく》の部屋《へや》を見たことがなかった。おばあちゃんは物置《ものおき》にしていると言っていたのだ。お母さんの部屋《へや》は、若《わか》い女の子の部屋《へや》だったと思えないくらいシンプルで落《お》ちついていた。机《つくえ》と本棚《ほんだな》とベッド。壁《かべ》には古い映画《えいが》のポスターが貼《は》ってある。本棚《ほんだな》をのぞくと、文学全《ぜん》集《しゅう》と詩集《ししゅう》。洋服《ようふく》だんすには、トレンチコート、ワンピースが数枚《すうまい》入っていた。もしかしたら、お母さんが生きていると思いたくて、ずっと部屋《へや》の物《もの》を処分《しょぶん》せずにいたのかもしれない。

不思議《ふしぎ》なことに、部屋《へや》はほこりっぽくもないし、汚《よご》れてもいない。きっと、おばあちゃんがときどき換気《かんき》をしたり、掃除《そうじ》をしたりしているに違《ちが》いないと紗理奈《さりな》は思った。

紗理奈《さりな》は、本棚《ほんだな》から本を二冊取《さつと》りだした。一つは文学の短編集《たんぺんしゅう》、もう一つは、外国の詩人《しじん》の書いた詩集《ししゅう》だった。どちらも好《す》きな作家の本だったが、読んだことのないタイトルだ。それを居間《いま》へ持《も》っていった。

「ありがとう。お母さんのこと知らなかったから、うれしかった。わたしと同じように絵を描《か》いたり、本を読んだりしたんだと、当たり前だけど、そんなこと思ったの。本棚《ほんだな》から読みたい本借《か》りたけど、いいかな。」

「紗理奈《さりな》の好《す》きなようにしていいよ。」

「ありがとう。」

紗理奈《さりな》は詩集《ししゅう》を読みはじめた。愛《あい》と哀《かな》しみがテーマの詩《し》がお母さんの姿《すがた》と重《かさ》なり、時間を忘《わす》れて読みすすめた。

おばあちゃんが、紗理奈《さりな》のそばに座《すわ》り、短編集《たんぺんしゅう》を手に取《と》った。そのときだ。本のカバーの内側《うちがわ》からはらりと白い封筒《ふうとう》が落《お》ちた。手紙だ。おばあちゃんが手に取《と》る。達筆《たっぴつ》な字で菊井綾様《きくいあやさま》と書かれている。

「もしかして、ラブレター？」

紗理奈《さりな》ものぞきこむ。おばあちゃんが、裏返《うらがえ》すと遠野《とおの》市内の住所《じゅうしょ》で、名前は一ノ瀬《いちのせ》雅子《まさこ》と書いてあった。

「中を読んでもいいかね？」

おばあちゃんが、迷《まよ》ったように聞いた。

「いいんじゃないかな。お母さんのお導《みちび》きかもしれないし。」

「そうだね。」

おばあちゃんは、封筒《ふうとう》から便せんを出して広げた。紗理奈《さりな》も一緒《いっしょ》に便せんの字を追《お》う。

菊井《きくい》　綾《あや》　様《さま》

拝啓《はいけい》　寒気厳《かんきき》しき折《おり》、いかがお過《す》ごしでしょうか。

このたびは、すばらしい絵を賜《たまわ》り、誠《まこと》にありがとうございました。どれほどの言葉《ことば》を使《つか》おうと、私《わたくし》の感謝《かんしゃ》の気持《きも》ちは表《あらわ》しきれません。

あなたが、描《えが》いてくれた絵に、大《だい》の躍動《やくどう》する姿《すがた》と、それを見つめる私《わたくし》の姿《すがた》がありました。

サッカーの大会で、心臓発作《しんぞうほっさ》に倒《たお》れ、亡《な》くなった大《だい》。

私《わたくし》は、サッカーを憎《にく》み、大《だい》のユニホームやボール、関《かか》わりのある全《すべ》てのものを葬《ほうむ》ろうとしました。でも、それはできませんでした。大《だい》は本当にサッカーを愛《あい》していたからです。

病気《びょうき》がわかり、サッカーを止められた大《だい》の苦悩《くのう》の表情《ひょうじょう》は、今も忘《わす》れることができません。大《だい》は治療《ちりょう》しながら、サッカーを続《つづ》ける道を選《えら》びました。その選択《せんたく》を止めなかったバカな親を世間《せけん》は許《ゆる》しませんでした。私自身《わたくしじしん》も許《ゆる》すことができませんでした。

後悔《こうかい》の気持《きも》ちを抱《いだ》き、悲《かな》しみの中にいた私《わたくし》に、あなたは西清院《さいせいいん》で声をかけてくださった。そして、親身《しんみ》になって話を聞いてくれただけでもありがたかったのに、大《だい》の絵を描《えが》いてくださいました。夢《ゆめ》だった国立競技場《こくりつきょうぎじょう》の舞台《ぶたい》で、はつらつとプレーする大《だい》の姿《すがた》と、応援《おうえん》する私《わたくし》の姿《すがた》を……。

どんなにうれしかったか。大《だい》もきっと喜《よろこ》んでくれていると思います。

本当に、本当にありがとうございました。いただいた絵は一生の宝物《たからもの》です。

綾様《あやさま》のご健勝《けんしょう》とお幸《しあわ》せを祈《いの》って

敬具《けいぐ》

一ノ瀬《いちのせ》　雅子《まさこ》

手紙を読みおわると、紗理奈《さりな》の目から涙《なみだ》があふれた。おばあちゃんも泣《な》いていた。

大《だい》という人は、この一ノ瀬《いちのせ》さんの子どもだろうか。すると、お母さんが描《か》いたのは、『供養絵《くようえ》』だったに違《ちが》いない。その絵を見てみたいと紗理奈《さりな》は思った。指《ゆび》で目尻《めじり》をぬぐい、おばあちゃんを見つめた。

「おばあちゃん、わたし、この人に会ってきたい。」

「そう言うと思ったよ。綾《あや》の絵を久《ひさ》しぶりに、おらも見たい。」

おばあちゃんも、ハンカチで涙《なみだ》をふきながら言った。

「じゃあ、一緒《いっしょ》に行こうか。市内だしね。」

「急《きゅう》に会いにいったら失礼《しつれい》だべか。」

おばあちゃんが、眉《まゆ》にしわを寄《よ》せた。

「でも、電話番号もわからないし、家の前まで行ってみようよ。迷惑《めいわく》そうだったら、すぐに帰ればいいんだし。」

紗理奈《さりな》の言葉《ことば》に、おばあちゃんも、

「じゃあ、行って様子《ようす》を見てこようか。」

と、うなずいた。

こうして、二人で一ノ瀬《いちのせ》さんのお宅《たく》を訪《たず》ねることにした。

昼食を食べ、二時頃《ごろ》にタクシーを呼《よ》んだ。紗理奈《さりな》とおばあちゃんは、一ノ瀬《いちのせ》さんの住所《じゅうしょ》を運転手《うんてんしゅ》さんに告《つ》げた。

「はい。」

タクシーが動《うご》きだす。紗理奈《さりな》はどきどきしてきた。おばあちゃんは、バッグと手土産《てみやげ》の菓子折《かしお》りを膝《ひざ》の上に置《お》いている。紗理奈《さりな》は、会ったこともない一ノ瀬《いちのせ》さんを想像《そうぞう》していた。

十分ほど走ると、タクシーが停車《ていしゃ》した。

「この辺《あた》りですね。後は、番地を確認《かくにん》するといいですよ。」

「ありがとうございます。」

紗理奈《さりな》は、お礼《れい》を言って、タクシーを降《お》りた。電信柱《でんしんばしら》に表示《ひょうじ》してある番地だと、かなり近い。前に進《すす》むと木造《もくぞう》の大きな家があった。家の周《まわ》りには木が植《う》えられ、生《い》け垣《がき》でぐるりと囲《かこ》まれている。

「ここみたいだね。」

おばあちゃんが表札《ひょうさつ》を見て、言った。この辺《あた》りは住宅街《じゅうたくがい》で静《しず》かだ。日中は暑《あつ》いので、庭《にわ》にも人影《ひとかげ》はない。

「どうする?」

おばあちゃんが、紗理奈《さりな》に聞いた。

「わたし、声をかけてみる。」

紗理奈《さりな》は、インターホンに手を置《お》いた。緊張《きんちょう》で指《ゆび》が汗《あせ》ばんでいた。インターホンからチャイムの音が流《なが》れると、

「どなたですか。」

と、優《やさ》しそうな女の人の声が聞こえた。

「菊井綾《きくいあや》の家族《かぞく》です。」

自分の名を言ったところで、わからないだろうし、お母さんの名前を言ってもわかるかどうかは定《さだ》かではない。それでも、覚《おぼ》えているかもしれないと思ったのだ。

ドアが開《あ》いて、おばあちゃんと同年代《どうねんだい》くらいの女性《じょせい》が現《あらわ》れた。

ふっくらとして、声のとおり優《やさ》しい顔の人だった。その人は、紗理奈《さりな》の顔をまじまじと見た。

「綾《あや》さんのご家族《かぞく》？」

紗理奈《さりな》はうなずいた。

おばあちゃんが話しはじめた。

「この子は紗理奈《さりな》、綾《あや》の娘《むすめ》です。わたしは、綾《あや》の母です。手紙を読んで、あなたに会いにきました。」

「綾《あや》さんの娘《むすめ》さん？　失礼《しつれい》しました。なんだか綾《あや》さんと姿《すがた》が重《かさ》なってしまって、じっと見てしまいました。」

一ノ瀬《いちのせ》さんは頭を下げた。

「こちらこそ急《きゅう》に伺《うかが》ってすみません。昨日《きのう》、母の部屋《へや》で一ノ瀬《いちのせ》さんのお手紙を見つけたんです。母は九年前に亡《な》くなりました。お手紙を大事《だいじ》にとっていたんです。」

「亡《な》くなった？　綾《あや》さんが……。東京《とうきょう》のほうで結婚《けっこん》なさったと聞いていましたのに……。綾《あや》さんはわたしにとって恩人《おんじん》です。絵を見るたびに感謝《かんしゃ》してきました。」

一ノ瀬《いちのせ》さんは静《しず》かにそう言うと、目を閉《と》じた。

「どうぞ、お入りください。」

一ノ瀬《いちのせ》さんは二人を招《まね》きいれ、リビングルームに通した。部屋《へや》の正面《しょうめん》の壁《かべ》に、少年がサッカーをしている絵があった。

「この絵がわたしの宝物《たからもの》です。綾《あや》さんが描《か》いてくれました。どん底《ぞこ》だったわたしの心を救《すく》ってくれたのです。」

紗理奈《さりな》は、つくづくとお母さんの描《か》いた絵を見つめた。少年の姿《すがた》、表情《ひょうじょう》が喜《よろこ》びにあふれ、見る者《もの》を魅了《みりょう》した。やや茶色がかった髪《かみ》の一本一本まで、きめ細かなタッチだ。

そして、目には強い意思《いし》が感《かん》じられる。遠くのスタンドで見ている観客《かんきゃく》は小さく描《か》かれていたが、応援《おうえん》する一ノ瀬《いちのせ》さんらしき姿《すがた》も認《みと》めることができた。

なんだか、自分が描《か》いたような気がするくらい画法《がほう》と筆《ふで》のタッチが似《に》ていた。そのとき、はっとした。そうだ、自分は、こんなふうな絵を描《えが》きたかった。盗作《とうさく》だとか、生意気《なまいき》だとか言われてぺちゃんこになる弱い気持《きも》ちではなく、ゆるぎなく絵が好《す》きな気持《きも》ちを表現《ひょうげん》したい。絵の中の人物《じんぶつ》や風景《ふうけい》が語る言葉《ことば》を、見る者《もの》に伝《つた》えるような、そんな絵を描《えが》きたい。心からそう思った。

「あなたも絵を描《か》かれるの？」

一ノ瀬《いちのせ》さんの言葉《ことば》に、紗理奈《さりな》は我《われ》に返《かえ》った。

「えっ？」

「違《ちが》っていたらごめんなさい。そんな気がしたんです。綾《あや》さんと同じ目をしています。絵を描《か》く人、昔《むかし》でいうところの絵師《えし》の目だと思います。」

「絵師《えし》の目？」

「そうです。この絵は供養絵《くようえ》。人の心に寄《よ》りそうことのできる絵師《えし》の技《わざ》ですから。」

一ノ瀬《いちのせ》さんの言葉《ことば》に、追《お》いもとめていた夢《ゆめ》がはっきりと姿《すがた》を現《あらわ》した。

紗理奈《さりな》は、両手《りょうて》の親指《おやゆび》と人差《ひとさ》し指《ゆび》を合わせて、四角形を作った。そうして、供養絵《くようえ》のフレームに合わせてみる。

（一枚《まい》の絵を切りとる。そこから動《うご》きだすものがある。それがなんであるのか、目を凝《こ》らしてみる。そういう営《いとな》みをしながら生きているのがわたしたちだ。）

どこかからか声がしたような気がする。お母さんの言葉《ことば》かもしれないし、自分の心の声かもしれない。

人の心に寄《よ》りそい、供養絵《くようえ》を描《えが》く。そんな絵師《えし》になりたい。悲《かな》しみを喜《よろこ》びに変《か》えることができるような、お母さんのような絵を描《か》く人になる。

紗理奈《さりな》は、お母さんの描《か》いた供養絵《くようえ》をまばたきもせず見つめていた。

# 九・告白《こくはく》

お母さんの描《か》いた供養絵《くようえ》を見た夜、紗理奈《さりな》は眠《ねむ》ることができなかった。体には、軽《かる》い疲《つか》れがあったが、頭が覚醒《かくせい》していた。暗闇《くらやみ》の中で、何度《なんど》も思いおこすお母さんの絵。西清院《さいせいいん》の供養絵《くようえ》のように板《いた》に描《か》かれたものではない。浮世絵《うきよえ》のような画法《がほう》ではない。水彩絵《すいさいえ》の具《ぐ》を使《つか》いながら、陰影《いんえい》があり、少年の鼓動《こどう》が伝《つた》わるような生き生きとした絵だ。絵の中の少年や観客《かんきゃく》は、喜《よろこ》び、悲《かな》しみ、確《たし》かに呼吸《こきゅう》している。紗理奈《さりな》は、居《い》ても立ってもいられず、起《お》きあがった。そして、お母さんの部屋《へや》に向《む》かう。部屋《へや》の電気をつけ、床《ゆか》に座《すわ》った。なんだかほっとした。

お母さんは、この部屋《へや》で何を思っていたのだろう。ベッドの端《はし》にもたれると、安心《あんしん》し、うとうとと眠《ねむ》りの世界《せかい》へ入っていった。

朝、おばあちゃんの呼《よ》ぶ声で、紗理奈《さりな》は目覚《めざ》めた。急《いそ》いでお母さんの部屋《へや》を出る。

「ああ、紗理奈《さりな》、どごさ行ってだった？　びっくりしたよ。」

「ごめんね。お母さんの部屋《へや》で寝《ね》てしまったの。」

紗理奈《さりな》は、おばあちゃんの青い顔を見て、申《もう》し訳《わけ》なく思った。

「よかったよ。誰《だれ》かに連《つ》れていがれたかと思った。」

紗理奈《さりな》が時計を見ると、まだ六時だった。


朝食が済《す》むと、おばあちゃんが紗理奈《さりな》に袋《ふくろ》を差《さ》しだした。

「これ、隣《となり》の藤根《ふじね》さんに持《も》っていってけで。『明《あ》けがらす』のお礼《れい》だ。少しだどもって言ってね。」

袋《ふくろ》の中には、トウモロコシが五、六本入っていた。

「うん。行ってくるね。」

紗理奈《さりな》は返事《へんじ》をすると、急《いそ》いで歯磨《はみが》きをした。

隣《となり》の家とおばあちゃんの家は間に畑《はたけ》がある。朝日が当たって、露《つゆ》が宝石《ほうせき》のようだ。土と木の匂《にお》いが、心をまっすぐにしてくれる。

藤根《ふじね》さんは、ビニールハウスのそばのベンチに座《すわ》っていた。

「おはようございます。」

紗理奈《さりな》があいさつをすると、驚《おどろ》いたように顔を上げた。

「あら、紗理奈《さりな》ちゃん。おはよう。」

「藤根《ふじね》さん、昨日《きのう》は『明《あ》けがらす』、ごちそうさまでした。とてもおいしかったです。」

「んだか。紗理奈《さりな》ちゃんは都会《とかい》の子だから、口に合うかなと思ってだったよ。」

「あの、これ、おばあちゃんが少しですけどって。」

紗理奈《さりな》は、トウモロコシを差《さ》しだした。

「あれまあ、なんとおいしそうだこと。ハニーバンタムと、あら、うれしい。モチキミも。」

「亡《な》くなったお母さんが好《す》きだったから作ってみたって、言っていました。」

紗理奈《さりな》は、遠野《とおの》に来た日のおばあちゃんの言葉《ことば》を思い出していた。

「なんていうか、とても優《やさ》しい味《あじ》。わたし、モチキミ大好《だいす》きです。」

紗理奈《さりな》の言葉《ことば》に、藤根《ふじね》さんもうなずく。

「優《やさ》しい味《あじ》、本当だね。やっぱり親子だね。好《す》きなものも似《に》てくるんだ。そういえば、紗理奈《さりな》ちゃんも絵が得意《とくい》だと聞いたけど。ほら、なんとかって賞《しょう》を取《と》ったとか、おばあちゃんがうれしそうに話していたった。」

紗理奈《さりな》は、うなずいた。

「絵は好《す》きです。」

すると、藤根《ふじね》さんは、口をもごもごと動《うご》かしはじめた。

「あの、なあ、紗理奈《さりな》ちゃんも、もう六年生だから言うんだども、紗理奈《さりな》ちゃんのお母さんも絵が好《す》きで、たくさん、たくさん描《か》いていだったんだ。」

藤根《ふじね》さんは一体、何を言うつもりなんだろうと、紗理奈《さりな》はおそるおそる、その目を見つめた。

「お母さんが亡《な》くなって、しばらくたったときだ。隣《となり》に行くと、庭《にわ》でおばあちゃんが泣《な》いていたった。そばにたくさんの絵とマッチがあった。燃《も》やそうとしたんだども、なんとしても、火がつけられねえって、泣《な》いて、泣《な》いて……。そりゃあ痛《いた》ましかった。」

紗理奈《さりな》は、全部燃《ぜんぶも》やしたというおばあちゃんのつらそうな声を思い出した。

「それでな。おらが、おばあちゃんに言った。燃《も》やしたと思って、おらに、全部預《ぜんぶあず》けろって。」

紗理奈《さりな》は驚《おどろ》いた。

「じゃあ、お母さんの絵はあるの？　藤根《ふじね》さんが預《あず》かっているの？」

藤根《ふじね》さんは、深《ふか》くうなずいた。

「紗理奈《さりな》ちゃん、見たいか？」

紗理奈《さりな》は、声が出なかった。もちろん、見たいに決《き》まっている。でも、見るのは少し怖《こわ》いような気もした。紗理奈《さりな》の表情《ひょうじょう》を感《かん》じとったのか、藤根《ふじね》さんは、優《やさ》しく言った。

「驚《おどろ》かせて、ごめんな。無理《むり》しなくたっていいんだよ。おらは、ただ預《あず》かってるのを教えたがったんだ。黙《だま》っていると気がとがめてな。」

トウモロコシの袋《ふくろ》を持《も》って立ちさっていく藤《ふじ》根《ね》さんを、紗《さ》理《り》奈《な》は、ぼう然《ぜん》と見つめていた。

（あった。燃《も》やされていなかった。お母さんの絵はあったんだ。）

紗《さ》理《り》奈《な》は、突然《とつぜん》、叫《さけ》んだ。

「待《ま》って！　藤《ふじ》根《ね》さん。」

藤《ふじ》根《ね》さんが振《ふ》りかえった。

「見せて！　お母さんの絵を、見せてください。」

藤《ふじ》根《ね》さんは、うなずいて、紗《さ》理《り》奈《な》に手招《てまね》きをした。

藤《ふじ》根《ね》さんの家は、おばあちゃんの家より少し古い、二階《かいだ》建ての大きな造《つく》りだ。玄関《げんかん》に入ると、なんだかひんやりとした空気が流《なが》れていて、紗《さ》理《り》奈《な》は思わず腕《うで》をさすった。

「こっちだよ。」

藤根《ふじね》さんの後をついていくと、階段下《かいだんした》に大きな収納庫《しゅうのうこ》があった。

廊下《ろうか》を歩いていくと、

「ここさ入れてだった。ちょっと待《ま》ってて。」

ガラガラと収納庫《しゅうのうこ》の戸を開《あ》けて、藤根《ふじね》さんは入っていった。そっと、紗理奈《さりな》はのぞいてみる。衣装《いしょう》ケースや段《だん》ボールの大きな箱《はこ》がいくつも積《つ》みかさなっている。藤根《ふじね》さんは、段《だん》ボール箱《ばこ》が積《つ》みかさなっている奥《おく》のほうを探《さが》している。

「あった。これだ。んでも、これ出すに大変《たいへん》だあ。」

藤根《ふじね》さんの声が力なく、聞こえてきた。

「手伝《てつだ》いますか?」

紗理奈《さりな》は、戸口から声をかけた。

「んだば、こっちさ来てけでー。」

紗理奈《さりな》は、収納庫《しゅうのうこ》の中に入っていった。

「いがった。一人で出すには無理《むり》だった。」

藤根《ふじね》さんは笑《わら》いながら、首に巻《ま》いたタオルで汗《あせ》をぬぐった。

「たまげだべ、おらが家、どんどん物《もの》ばかり増《ふ》えてな。物置《ものおき》につっこんでいたら、奥《おく》の物《もの》が取《と》りだせなぐなった。ちょっと、この箱持《はこも》ちあげてけで。」

藤根《ふじね》さんの言うとおりに、上の箱《はこ》を持《も》ちあげる、その間に下の箱《はこ》を藤根《ふじね》さんが通路《つうろ》に置《お》いた。箱《はこ》の上にマジックで綾様《あやさま》と書いてあった。その字を見て、紗理奈《さりな》は急《きゅう》に胸《むね》がどきどきしてきた。

「悪《わる》いども、これ持《も》ってけで。」

大きな箱《はこ》を下《お》ろすと、藤根《ふじね》さんが言った。

「はい。」

と、答えながら、紗理奈《さりな》は箱《はこ》を持《も》ちあげる。ずしりとした感触《かんしょく》があった。これはお母さんの重《おも》みだった。

藤根《ふじね》さんに続《つづ》いて収納庫《しゅうのうこ》を出る。

「こっちだ。」

藤根《ふじね》さんは、紗理奈《さりな》を大きな座敷《ざしき》に招《まね》きいれた。畳《たたみ》の間《ま》が二つ続《つづ》いた部屋《へや》には、床《とこ》の間《ま》があり、白いユリの花が一輪《りん》生けてある。部屋《へや》の中央《ちゅうおう》に朱塗《しゅぬ》りの座卓《ざたく》があった。紗理奈《さりな》が座卓《ざたく》の横《よこ》に箱《はこ》を置《お》いたとき、玄関《げんかん》のチャイムが鳴った。

「はいはい。」

藤根《ふじね》さんが、玄関《げんかん》へ走る。

「紗理奈《さりな》、来てっぺが？」

おばあちゃんの心配《しんぱい》する声が聞こえてきた。

「来てる、来てる。あらまあ、心配《しんぱい》したったのすか。申《もう》し訳《わけ》ながったなあ。」

「よがった。なんぼしても遅《おそ》いなあと思ってなあ。藤根《ふじね》さんの旦那《だんな》さんは、出かけたのすか。」

「昨日《きのう》から、現場《げんば》の仕事《しごと》あってな。釜石《かまいし》さ行ってだのす。」

「復興住宅《ふっこうじゅうたく》の電気工事《こうじ》だったなあ。ご苦労《くろう》さんだなあ。」

「体動《うご》くうちは、がんばらねばってな。」

藤根《ふじね》さんは、おばあちゃんと話しながら、紗理奈《さりな》に目で合図した。多分、絵はおばあちゃんに内緒《ないしょ》で紗理奈《さりな》に見せようとしたのだ。だから、このまま、帰れという合図なのだ。

（このまま、お母さんの絵を見ないで帰るわけにはいかない。おばあちゃんだって、昨日《きのう》、一緒《いっしょ》に一ノ瀬《いちのせ》さんの絵を見にいったではないか。きっと、見たいに違《ちが》いない。）

確信《かくしん》にも似《に》た強い気持《きも》ちが、紗理奈《さりな》の中にわきおこった。

「おばあちゃん。わたし、藤根《ふじね》さんから聞いたよ。」

「えっ？」

おばあちゃんは驚《おどろ》いた顔になった。藤根《ふじね》さんは、手を横《よこ》に振《ふ》っている。話すなっていうことだろう。

「何を聞いた？」

おばあちゃんがいぶかしげにたずねた。

「絵を預《あず》かっているって。」

紗理奈《さりな》が言った瞬間《しゅんかん》、藤根《ふじね》さんが頭を抱《かか》えた。そして、おばあちゃんと向《む》きあった。

「菊井《きくい》さん、ごめんよ。紗理奈《さりな》ちゃんに綾《あや》ちゃんの顔が重《かさ》なってしまって、これ以上《いじょう》黙《だま》っていられなくなった。」

藤根《ふじね》さんが、おばあちゃんに頭を下げた。

おばあちゃんは、藤根《ふじね》さんの肩《かた》にそっと手を添《そ》えた。

「いいんだ。いいんだ。昨日《きのう》から、おらもずっと考えていた。絵を返《かえ》してもらうときが来たんだと。綾《あや》もそれを望《のぞ》んでいるんだと思う。」

「おばあちゃん。」

紗理奈《さりな》がおばあちゃんを見上げると、おばあちゃんはふっとほほえんだ。

「上がってください。」

藤根《ふじね》さんが促《うなが》すと、おばあちゃんは履《は》き物《もの》を脱《ぬ》いで、玄関《げんかん》マットの上に上がった。

藤根《ふじね》さんもほっとした表情《ひょうじょう》だ。さっきの座敷《ざしき》に通されると、段《だん》ボール箱《ばこ》が一つ、開《あ》けられる瞬間《しゅんかん》を待《ま》っていた。

「どうぞ、開《あ》けて。」

藤根《ふじね》さんが言った。

紗理奈《さりな》は、おそるおそる段《だん》ボール箱《ばこ》のガムテープをはがした。中にはたくさんのスケッチブックと、風呂敷包《ふろしきづつ》みがあった。スケッチブックをぱらぱらとめくってみる。サッカーボール、少年の横顔《よこがお》、サッカーをする少年たちの姿《すがた》が鉛筆《えんぴつ》で描《か》いてある。何《なん》枚《まい》も同じようなポーズを描《か》いたのだろう。ボールを捕《と》らえる瞬間《しゅんかん》、蹴《け》りあげる瞬間《しゅんかん》、シュートを決《き》めたときの歓喜《かんき》の表情《ひょうじょう》など、まるで、パラパラまんがのように、段階《だんかい》を追《お》っていねいに描《か》かれている。

「すごい。」

紗理奈《さりな》は、思わず叫《さけ》ぶ。のぞきこんだおばあちゃんも、藤根《ふじね》さんも、かつて見た絵のはずなのに、感嘆《かんたん》の色を隠《かく》せない。この少年は、多分、一ノ瀬《いちのせ》さんの子どもの大《だい》さんなのだろう。生き生きとした瞳《ひとみ》は、こちらの心を見抜《みぬ》くような鋭《するど》さがあり、優《やさ》しさもある。少年の瞳《ひとみ》を見た人は、きっと強く心をひきつけられたに違《ちが》いない。紗理《さり》奈《な》は、スケッチブックを閉《と》じ、風呂敷包《ふろしきづつ》みの結《むす》び目《め》をほどいた。

風呂敷《ふろしき》の中には、一枚《まい》ずつ薄紙《うすがみ》に包《つつ》まれた画用紙が何枚《なんまい》も重《かさ》なっていた。一番上の薄紙《うすがみ》を開《ひら》いた。

「おお！」

藤根《ふじね》さんが声を上げた。

目に飛《と》びこんできたのは、見たこともないほど鮮《あざ》やかな紅《あか》の色だ。木々に渡《わた》した縄《なわ》に、紅《あか》の布《ぬの》が重《かさ》なりあうように結《むす》ばれている。その中で、一人の若《わか》い女性《じょせい》が左手で布《ぬの》を結《むす》んでいる。その表情《ひょうじょう》は何者《なにもの》も寄《よ》せつけないようなりんとしたものが流《なが》れている。

「ここは？」

紗理奈《さりな》の疑問《ぎもん》の声に、おばあちゃんが答える。

「卯子酉様《うねどりさま》だな。神社《じんじゃ》だ。紅《あか》い布《ぬの》を結《むす》ぶと恋《こい》の願《ねが》いがかなうといわれている。」

（これも供養絵《くようえ》なのだろうか。）

紗理奈《さりな》には、若《わか》い女性《じょせい》の姿《すがた》がお母さんに重《かさ》なる。お母さんはなぜ、この絵を描《か》いたのだろう。紅《あか》い色に魅了《みりょう》され、息《いき》をのんで見つめつづけていた。

おばあちゃんが、もう一枚《まい》の薄紙《うすがみ》の包《つつ》みを開《あ》けた。その紙の中に描《か》かれていたのは、幸《しあわ》せそうな家族《かぞく》三人の姿《すがた》だった。テーブルの真《ま》ん中《なか》にケーキが置《お》かれ、ろうそくが八本立っていた。その絵を見るなり、おばあちゃんは床《ゆか》につっぷした。理由《りゆう》がわからぬまま、紗理奈《さりな》はおばあちゃんの背中《せなか》をさする。

「おばあちゃん。どうしたの？　大丈夫《だいじょうぶ》？」

おばあちゃんは、肩《かた》を震《ふる》わせながら、

「綾《あや》……。」

と、お母さんの名を呼《よ》んだ。横《よこ》で、藤根《ふじね》さんが紗理《さり》奈《な》を見つめた。

「紗理奈《さりな》ちゃん、よく見て。誰《だれ》だかわかるか？」

紗理奈《さりな》は絵をじっと見る。三人は、仲《なか》の良《よ》い親子だろう。手をたたいている優《やさ》しそうな母親と、歌を

歌っている父親。髪《かみ》をツインテールにした、かわいい女の子。はっとした。時哉《ときや》と同じ目をしている。この女の子はお母さんだ。お母《かあ》さんの幼《おさな》い日の姿《すがた》だ。母親はおばあちゃんで、父親は、ずっと前に亡《な》くなったというおじいちゃんだ。

おばあちゃんは起《お》きあがって、その絵を見つめ、幼《おさな》き日のお母さんの頭をなでた。

「紗理奈《さりな》、おじいちゃんはね。綾《あや》が八歳《さい》の頃《ころ》、病気《びょうき》で亡《な》くなってしまったんだ。綾《あや》のことすごくかわいがっていたった。あんまり、おじいちゃんのこと、教えなかったども、痛《いた》ましくてな。綾《あや》の八歳《さい》の誕生日《たんじょうび》に息《いき》を引きとった。」

「お母さんが子どもの頃《ころ》、亡《な》くなったって聞いていたけど。」

紗理奈《さりな》は、お母さんも自分と同じ悲《かな》しみを負《お》っていたことに今さらながら気づき、運命《うんめい》のようなものを感《かん》じた。

「そうだったなあ。菊井《きくい》さん、惜《お》しい人だった。よりによって娘《むすめ》の誕生日《たんじょうび》に亡《な》くなるとはなあ……。お祝《いわ》いどころでなかったなあ。」

藤根《ふじね》さんは、ため息《いき》をついた。

「誕生日《たんじょうび》に逝《い》ったのは、『忘《わす》れないで』っていうことかもしれない。」

紗理奈《さりな》が言うと、おばあちゃんは大きく目を開《ひら》いた。

「綾《あや》も、綾《あや》も紗理奈《さりな》と同じことを言ったんだ。自分の誕生日《たんじょうび》に亡《な》くなったのは、『お父さんが家族《かぞく》にずっと忘《わす》れてほしくない』メッセージだから、忘《わす》れないって。」

三人の間に沈黙《ちんもく》が流《なが》れた。静《しず》けさの中で紗理奈《さりな》は感《かん》じた。

お母さんの心とおじいちゃんの心と、そして、今を生きるおばあちゃんの心は結《むす》ばれている。家族《かぞく》の記憶《きおく》と願《ねが》いによって結《むす》ばれている。

それが供養絵《くようえ》なんだ。亡《な》くなった無念《むねん》さが、深《ふか》い愛情《あいじょう》を表《あらわ》す絵によって浄化《じょうか》されていく。三人は、誕生日《たんじょうび》のお祝《いわ》いというこの上ない幸《しあわ》せの中で、確《たし》かに生きている。

「不思議《ふしぎ》だなあ。」

おばあちゃんが話しはじめた。

「供養絵《くようえ》なんて、死《し》んだ人を面白《おもしろ》おかしく描《か》くみたいで、いやだと思っていた。そんなことして、なんになるって綾《あや》にも言った。何度《なんど》も、何度《なんど》も……。でも、綾《あや》は言ったんだ。どうしても描《か》かずにはいられないって。死《し》んだ人を、慰《なぐさ》めるためだけじゃないって。」

おばあちゃんの話を聞きながら、紗理奈《さりな》は西清院《さいせいいん》へ行ったときのことを思い出していた。

『供養絵《くようえ》に描《か》かれた者《もの》だけが癒《い》やされるのではありません。幸《しあわ》せな姿《すがた》を祈《いの》る者《もの》こそ、真《しん》に癒《い》やされるのです。供養絵《くようえ》は残《のこ》された者《もの》のためにあるのかもしれませんね。』

住職《じゅうしょく》は、そう言った。残《のこ》された者《もの》のためにある。でも、それだけじゃない。お母さんは、どうしても描《か》きたかった。なんのために？　自分のために。そして、それを見る人の心に絵を描《か》いた自分の心も重《かさ》ねたかったんだ。

紗理奈《さりな》は、お母さんが描《か》いた誕生日《たんじょうび》の絵を見つめる。大きな幸《しあわ》せに満《み》ちる日、三人の笑顔《えがお》が、どんな不幸《ふこう》よりも勝《まさ》っている。

「この絵、気づかなかった。綾《あや》はいつこれを描《か》いたんだべ。これを見ていたら、供養《くよう》絵《え》を描《か》くこと、あんなに反対《はんたい》しなかったかもしれない。この絵、いい絵だなあ。心があったかくなる。一ノ瀬《いちのせ》さんも同じ気持《きも》ちだったべか。」

おばあちゃんの言葉《ことば》に、紗理奈《さりな》は何度《なんど》もうなずいた。

「そうだよ。きっとそうだよ。一ノ瀬《いちのせ》さんは、お母さんに感謝《かんしゃ》していたじゃない。」

「そうか、そうか。」

おばあちゃんと紗理奈《さりな》は、お母さんの絵を見て、手を取《と》りあった。

「藤根《ふじね》さん、ありがとう。おかげさまだった。燃《も》やさなくてよかった。紗理奈《さりな》にも見せてやれて、よかった。綾《あや》も喜《よろこ》んでいると思う。」

おばあちゃんの言葉《ことば》に、藤根《ふじね》さんは神妙《しんみょう》な顔になった。

「本当はなあ、菊井《きくい》さんが泣《な》いて火つけられなかったから、おらが火をつけてやろうと思ったんだ。そのとき、かすかな声が聞こえたんだ。『やめて、燃《も》やさないで』って。んだから、手が止まってしまった。不思議《ふしぎ》だなあ。あの声は、綾《あや》ちゃんだったような気がする。燃《も》やさないで預《あず》かったのは、そのためだった。」

# 十・卯子酉様《うねどりさま》

藤根《ふじね》さんの家から、お母さんの絵は戻《もど》ってきた。紗理奈《さりな》は、絵が入った段《だん》ボール箱《ばこ》をお母さんの部屋《へや》へと運《はこ》んだ。絵を見ることは体力も気力もいることだった。全身全《ぜんしんぜん》霊《れい》で描《えが》いたものを見ることだからだろうか。紗理奈《さりな》は、床《ゆか》に横《よこ》になる。改《あらた》めて、お母さんのすごさを思い知る。亡《な》くなって九年もたつのに、お母さんは絵の中に生きつづけている。

その夜、お父さんから電話があった。

「大丈夫《だいじょうぶ》。紗理奈《さりな》が来てくれて、本当に助《たす》かりました。はい。なんだか、若返《わかがえ》ったような気がします。おかげさまです。」

おばあちゃんが、お父さんと話している。おばあちゃんの受《う》け答《こた》えで、お父さんの話したことも、だいたいは察《さっ》せられた。

「ちょっと、待《ま》ってください。」

おばあちゃんが、紗理奈《さりな》に受話器《じゅわき》を差《さ》しだす。お父さんの声が聞こえてくる。

「お、元気にしていたか。」

「うん。お父さんも元気そうだね。外食ばかりしてるって聞いたけど、大丈夫《だいじょうぶ》なの？」

「時哉《ときや》が言ったんだな。あいつが行きたいっていうから、行くんだ。ハンバーグだの焼肉《やきにく》だの。でも、毎日じゃない。中山《なかやま》さんが来てくれて、煮物《にもの》やサラダも、作ってくれるし、野菜《やさい》もちゃんととっている。」

「そう。ならいいけど。」

紗理奈《さりな》は、少しほっとした。

「ところで、昨日《きのう》、研修会《けんしゅうかい》で紗理奈《さりな》の担任《たんにん》の沢田《さわだ》先生に会ったんだけど、今年は、絵画コンクールに出さないのかって聞かれたんだ。去年《きょねん》までの県《けん》のコンクールではなく、全国《ぜんこく》コンクールに出してみないかとも。」

「……。」

「締《し》め切《き》りが九月末《がつすえ》だから、まだ時間はある。」

「そう。」

紗《さ》理《り》奈《な》は、不思議《ふしぎ》な気持《きも》ちだった。コンクールの話を冷静《れいせい》に聞くことができる自分がいる。

「実《じつ》はね。お父さんには話さなかったけど、夏休み前に先生に聞かれて、出さないいって話したの。」

「そうか。先生が出さないのは惜《お》しいなあって言っていた。でも、紗《さ》理《り》奈《な》がそう決《き》めたのなら、反対《はんたい》はしない。ただ……。」

「ただ？」

紗《さ》理《り》奈《な》は、お父さんの思いを最後《さいご》まで聞きたかった。

「あんなことで、絵をやめてほしくない。」

そのとき、言葉《ことば》がすーっと心に染《し》みた。

「ありがとう、お父さん。わたしもいろいろ考えていた。ちゃんと自分の気持《きも》ちに向《む》きあってみる。」

「そうだな。それがいい。ちょっと待《ま》ってろよ。ほら、時哉《ときや》。」

「サリ姉、元気？」

時哉《ときや》の元気な声が耳に飛《と》びこんできた。

「まあね。時哉《ときや》は相変《あいか》わらず元気だね。」

「サリ姉、いつ帰ってくるの？」

「いつって？　ははーん、時哉《ときや》、さては寂《さび》しいんだ。」

「違《ちが》うよ。千草《ちぐさ》さんから、二回、電話が来たんだ。遠野《とおの》に行っているって言ったけど、いつ帰ってくるか聞かれて、わからないって答えた。サリ姉に電話させますかって聞いたけど、いいいって言われた。」

「そうなの。」

紗理奈《さりな》は、千草《ちぐさ》と夏休み前、気まずく別《わか》れたことを思い出した。

「そのうち、近いうちに帰るから。そのときは連絡《れんらく》するね。」

「わかった。」

時哉《ときや》の声が明るく響《ひび》いた。紗理奈《さりな》は、自分もできるだけ明るい声で「またね」と言い、電話を切った。

「早く帰ってきてって、言われたんだべ。」

おばあちゃんが、紗理奈《さりな》の顔を見上げた。

「時哉《ときや》が、いつ帰るか聞いてきただけだよ。わたし、もうちょっとこっちにいたいな。」

「それは、おらもうれしいけど、帰りたいのに無理《むり》しなくていいんだよ。」

「うん、大丈夫《だいじょうぶ》。ねえ、明日、高木《たかぎ》さんに会いにいってもいいかな。」

紗理奈《さりな》は高木《たかぎ》さんに会って、お母さんの絵のことを話したかった。

「いいよ。一人で行けるか?」

「バスに乗《の》って、駅前《えきまえ》まで行けばいいから大丈夫《だいじょうぶ》。」

紗理奈《さりな》の言葉《ことば》に、おばあちゃんは笑顔《えがお》でうなずいた。

次《つぎ》の日、朝九時におばあちゃんの家を出た。バスに乗《の》れば、十時少し前にとおの物《もの》語研究所《がたりけんきゅうじょ》に着《つ》くだろう。高木《たかぎ》さんに会って話したいことが山ほどある。高木《たかぎ》さんが忙《いそが》しくなければいいがと紗理奈《さりな》は願《ねが》った。

研究所《けんきゅうじょ》に着《つ》くと、高木《たかぎ》さんは、四人の大学生らしき人たちに説明《せつめい》をしているところだった。夏休みということもあり、研究所《けんきゅうじょ》には、親子連《おやこづ》れや学生グループが多かった。紗理奈《さりな》は、高木《たかぎ》さんに会釈《えしゃく》すると、読《よ》み物《もの》コーナーに向《む》かう。『遠野物語《とおのものがたり》』をじっくり読もうと思っていたのだ。まだ読んだことのない話があったら、読んでみたいと思うし、前に読んだことがあっても、何度《なんど》か読んでいるうちに、新しい発見《はっけん》に出会うこともある。気づいたときの面白《おもしろ》さは、なんとも言《い》いがたい。

『遠野物語《とおのものがたり》』の本をぱらぱらとめくりはじめる。「遠野三山《とおのさんざん》」の話が開《ひら》かれた。この話は知っている。確《たし》か、母である女神《めがみ》から三人姉妹が早池峰山《はやちねさん》、六角牛山《ろっこうしさん》、石神山《いしがみさん》をもらう話だ。紗理奈《さりな》は、この「遠野三山《とおのさんざん》」の話に「寒戸《さむと》の婆《ばあ》」と同じように心ひかれるものを感《かん》じていた。なぜなのか？　と考えながら読みすすめる。

女神《めがみ》は三人の娘《むすめ》に話す。「今夜いちばんよい夢《ゆめ》を見た者《もの》にいちばんよい山を与《あた》える」と。

夜がふけてから、一番上の姉の胸元《むなもと》に天から霊華《れいか》（不思議《ふしぎ》な花）が降《お》りてきた。この霊華《れいか》こそがよい夢《ゆめ》という意味《いみ》だと気づいた末《すえ》の娘《むすめ》は、姉から奪《うば》って自分の胸元《むなもと》に置《お》いて休む。そうして、いちばん美《うつく》しい早池峰山《はやちねさん》を手に入れたのだ。

そこまで読んだとき、紗理奈《さりな》は前に読んだときと印象《いんしょう》が違《ちが》うことを感《かん》じた。前は、早池峰山《はやちねさん》を奪《うば》った末《すえ》の娘《むすめ》がずるいような気がしていた。でも、末《すえ》の娘《むすめ》は夜通し起《お》きていて、自らの力でチャンスをつかみとったともいえるかもしれない。それは、どうしても、早池峰山《はやちねさん》が欲《ほ》しいという揺《ゆる》るぎない思いからだったに違《ちが》いない。もしかして女神《めがみ》は、末《すえ》の娘《むすめ》の思いを知って、認《みと》めてあげたのかも……。はたして、自分は、そのような強い思いを持《も》てるだろうか。末娘《すえむすめ》の強い意思《いし》に、心ひかれる自分がいた。

『遠野物語《とおのものがたり》』を読んでいるうちにお昼になった。高木《たかぎ》さんは、やっとフリーになり、紗理奈《さりな》のところにやってきた。

「紗理奈《さりな》ちゃん、今日はごめんね。せっかく来てくれたのに時間がなくて。」

「そんな、気にしないでください。わたしなら本を読んでいたので大丈夫《だいじょうぶ》です。」

「お昼、食べにいきましょう。また、この間のところだけど。」

「おいしいお店ですよね。うれしいです。」

紗理奈《さりな》は笑顔《えがお》で答えた。

和風《わふう》レストランは、昼食をとる人や観光客《かんこうきゃく》で混《こ》んでいたが、高木《たかぎ》さんと紗理奈《さりな》は窓《まど》際《ぎわ》の予約席《よやくせき》に通された。

「釜飯《かまめし》の和風《わふう》ランチでいいかな。」

高木《たかぎ》さんの問《と》いかけに、紗理奈《さりな》はうなずいた。高木《たかぎ》さんに教えたいことが山ほどある。どこから話そうかなと思っていると、高木《たかぎ》さんのほうから聞いてきた。

「綾《あや》の描《か》いた供養絵《くようえ》、見ることができた？」

「はい。実《じつ》は、供養絵《くようえ》を描《か》いてもらった人の手紙を見つけることができて、その人に会いにいってきました。お母さんの描《か》いた供養絵《くようえ》も見せてもらえました。」

「それって、もしかして一ノ瀬《いちのせ》さんっていう人？」

「そうです。高木《たかぎ》さん、知っていたんですか？」

「息子《むすこ》の一ノ瀬大《いちのせだい》さん、サッカー部《ぶ》のエースだったからね。わたしや綾《あや》の一つ上の学年で、かっこよくて、みんなの憧《あこが》れの人だった。」

「そうだったんですか。」

「十二月の大会のとき、倒《たお》れて、亡《な》くなってしまって、すごくショックだった。応援《おうえん》にも全校《ぜんこう》で行ったときだったから。」

「じゃあ、高木《たかぎ》さんも、お母さんも、一ノ瀬大《いちのせだい》さんには会ったことがあったんですね。」

紗理奈《さりな》は、不思議《ふしぎ》な巡《めぐ》り合《あ》わせに驚《おどろ》いていた。

「会ったというか、わたしたちが一方的《いっぽうてき》に先輩《せんぱい》を見ていたという感《かん》じかな。」

高木《たかぎ》さんがつぶやいた。

「お母さんの描《か》いた供養絵《くようえ》は、お寺の供養絵額《くようえがく》とは全然違《ぜんぜんちが》う描《えが》き方《かた》なんですが、水彩《すいさい》で、サッカーの動《うご》きも、選手《せんしゅ》の気持《きも》ちも伝《つた》わってくる絵でした。」

「そう。綾《あや》はあの絵、かなりがんばって描《か》いていたからね。わたしもスケッチは見せてもらったけど、すごいと思った。」

高木《たかぎ》さんの言葉《ことば》、確《たし》かにあの供養絵《くようえ》を見ると納得《なっとく》がいく。圧倒的《あっとうてき》な描写力《びょうしゃりょく》はどこから生まれるのかと紗理奈《さりな》は思う。

「それと、紅《あか》い布《ぬの》を結《むす》ぶ絵もありました。おばあちゃんがウネドリ様《さま》と言っていたんです。」

そのとき、高木《たかぎ》さんは、はっとした表情《ひょうじょう》になった。

「そういえば、綾《あや》と一緒《いっしょ》に卯《う》子《ね》酉神社《どりじんじゃ》へ行ったことがあったなあ。紗理奈《さりな》ちゃんは、行ったことある？」

「ないです。」

「じゃあ、午後から行ってみる？」

高木《たかぎ》さんの目がいたずらっぽく、光った。

「えっ！　いいんですか。高木《たかぎ》さん、ボランティアの日でしょ。」

「いいの、いいの。代《か》わりに、明日やればいいの。」

そこへランチが運《はこ》ばれてきた。

高木《たかぎ》さんの車は、きれいな水色のハイブリッド車だ。紗理奈《さりな》は助手席《じょしゅせき》に乗《の》り、シートベルトを掛《か》けた。車は町を走りぬけ、卯子酉神社《うねどりじんじゃ》に向《む》かう。

卯子酉神社《うねどりじんじゃ》は愛宕山《あたごやま》のふもとにある。昔《むかし》から、この辺《あた》りには大きな淵《ふち》があったと、おばあちゃんから聞いたことがあった。

「ウネドリってどういう意味《いみ》なんですか。」

紗理奈《さりな》が聞いた。

「なんでも、江戸時代《えどじだい》に岩手県《いわてけん》の県北《けんほく》にある普代村《ふだいむら》の鵜鳥神社《うのとりじんじゃ》から卯子酉明神《うねどりみょうじん》を分霊《ぶんれい》したって聞いたけど。」

「ブンレイ?」

「わかりやすくいうと、本家《ほんけ》と分家《ぶんけ》のようなものかな。鵜鳥神社《うのとりじんじゃ》が本家《ほんけ》とすると遠野《とおの》の卯子酉様《うねどりさま》は分家《ぶんけ》のようなもの。」

「なるほど。」

紗理奈《さりな》は、高木《たかぎ》さんの知的《ちてき》な横顔《よこがお》を見つめた。

卯子酉神社《うねどりじんじゃ》に着《つ》き、車から降《お》りる。神社《じんじゃ》の前に立つと不思議《ふしぎ》な光景《こうけい》が飛《と》びこんできた。それは、緑《みどり》の木々と対照的《たいしょうてき》な紅《あか》の世界《せかい》だ。境内《けいだい》に張《は》りめぐらされた縄《なわ》に結《むす》ばれた、紅《あか》の布《ぬの》の一つ一つが揺《ゆ》れ、はためいている。

お母さんの絵が浮《う》かぶ。見たこともないほど鮮《あざ》やかな紅《あか》の色。木々に渡《わた》した縄《なわ》に、紅《あか》の布《ぬの》が重《かさ》なりあうように結《むす》ばれている。その中で、一人の若《わか》い女性《じょせい》が左手で布《ぬの》を結《むす》んでいる。あの絵を描《か》くために、お母さんは幾度《いくど》となくここへ足を運《はこ》んだのだと紗理奈《さりな》は感《かん》じた。

「昔《むかし》から、恋《こい》の願《ねが》いがかなうといわれているの。紅《あか》い

布《ぬの》の前の箱《はこ》に百円を入れて、布《ぬの》をいただいたら、願《ねが》いを布《ぬの》に書くもよし、書かなくてもよし。利《き》き手《て》でない片方《かたほう》の手で結《むす》ぶのよ。このとき、思わず利《き》き手《て》を使《つか》ってしまったら、願《ねが》いはかなわないそうよ。」

「高木《たかぎ》さんもやったことがあるんですか。」

「そりゃあね。でも、なかなかうまくいかないね。いまだにフリーだしね。」

高木《たかぎ》さんは、明るく笑《わら》いとばした。

「紗理奈《さりな》ちゃん、せっかく来たんだからやってみたら。好《す》きな人いるんでしょ？」

「えっ！　いません。」

紗理奈《さりな》は即座《そくざ》に打《う》ちけした。

「まあ、いないとしても、これからの出会いを祈《いの》ってもいいのよ。」

高木《たかぎ》さんは、前向《まえむ》きだ。お母さんがこの人と友だちでいた気持《きも》ちがうなずける。

「それじゃあ、祈《いの》ってみます。」

紗理奈《さりな》は、財布《さいふ》から百円玉を出し、紅《あか》い布《ぬの》を手に取《と》った。

布《ぬの》には、何も書かなかった。結《むす》ぶ場所《ばしょ》を目で探《さが》す。左手で布《ぬの》の真《ま》ん中《なか》を決《き》め、縄《なわ》に掛《か》ける。片手《かたて》でやるとまどろっこしい。結《むす》ぼうとするが、輪《わ》に布《ぬの》の端《はし》をくぐらせることが難《むずか》しい。思わず右手が出しゃばろうとするのを抑《おさ》えて、心をなだめる。

ほこらから少し離《はな》れた木に結《むす》ばれた紅《あか》い布《ぬの》の中に、白くなりかけた布《ぬの》があった。ピンクよりも薄《うす》い色がはかなげに見えた。結《むす》ばれてからだいぶ時間がたっているに違《ちが》いない。紗理奈《さりな》は、このはかなげな布《ぬの》は、なんとなくお母さんが結《むす》んだような気がした。

紗理奈《さりな》は、はっとした。お母さんが描《か》いた卯子酉様《うねどりさま》の絵、あの少女がお母さん自身《じしん》とすると、もしかすると、お母さんは一ノ瀬《いちのせ》大《だい》さんに恋《こい》していたのではないか？　お母さんが、一ノ瀬《いちのせ》さんのお母さんのために描《か》いた供養絵《くようえ》は、実《じつ》は自分自身《じぶんじしん》のために描《か》いたのかもしれない。あの絵の迫力《はくりょく》、心にまっすぐ届《とど》く少年のサッカーへの情熱《じょうねつ》。それは、卯子酉様《うねどりさま》へ祈《いの》るお母さんの気持《きも》ちと結《むす》びついていたのだ。サッカーにかけた大《だい》さんの魂《たましい》とそれに寄《よ》りそおうとしたお母さんの魂《たましい》が結《むす》びついたとき、絵は見る人の心を揺《ゆ》さぶるのだ。

鳥居《とりい》の前に戻《もど》ると、高木《たかぎ》さんが頰《ほお》を押《お》さえていた。

「紗理奈《さりな》ちゃんを待《ま》っている間に、実《じつ》はわたしも結《むす》んじゃいました。」

「えーっ！」

意外《いがい》な言葉《ことば》に、紗理奈《さりな》はうれしくなった。

「人生百年だとすると、まだまだ半分以上《いじょう》もあるんだもの。がんばらなくちゃ。」

「さすが高木《たかぎ》さん。かっこいいです。」

紗理奈《さりな》は、笑顔《えがお》で高木《たかぎ》さんを見上げた。


車に戻《もど》ると、高木《たかぎ》さんの携帯《けいたい》電話が鳴った。

「はい。ここ数日お見えにならないから、心配《しんぱい》していたんです。これから伺《うかが》っていいですか。」

高木《たかぎ》さん、急用《きゅうよう》ができたのかなと、紗理奈《さりな》はそばで聞いていた。

「この間、友だちの娘《むすめ》さん、紗理奈《さりな》さんに会いましたよね。今、一緒《いっしょ》にいるんですけど。はい。そうします。では。」

電話を切ると、高木《たかぎ》さんは言った。

「前に研究所《けんきゅうじょ》で会った景子《けいこ》先生、気持《きも》ちが落《お》ちこんで、家から出られないんだって。様子《ようす》を見にいくから、紗理奈《さりな》ちゃんも一緒《いっしょ》に行ってくれる？　景子《けいこ》先生も会いたいっておっしゃっているの。」

「いいですが、遅《おそ》くなるとおばあちゃんが心配《しんぱい》するから、電話しますね。」

「ごめんね。途中《とちゅう》でわたしに代《か》わってちょうだい。」

紗理奈《さりな》は、おばあちゃんに電話した。高木《たかぎ》さんと一緒《いっしょ》と話すと、それならばと了解《りょうかい》してくれた。紗理奈《さりな》は、高木《たかぎ》さんにスマホを渡《わた》した。

「高木《たかぎ》です。紗理奈《さりな》ちゃん、引《ひ》っ張《ぱ》りまわしてすみません。夕方までには送《おく》っていきますので。はい。よろしくお願《ねが》いします。」

高木《たかぎ》さんは、道の途中《とちゅう》、小さなお菓子《かし》屋《や》さんに寄《よ》ってシュークリームを十個《こ》買った。

# 十一　供養絵《くようえ》

景子《けいこ》先生の家は、古くて大きな屋敷《やしき》だった。庭《にわ》も広く、家の前に畑《はたけ》もあり、トマトが赤く色づいていた。畑《はたけ》で作業《さぎょう》しているのは景子《けいこ》先生のご主人《しゅじん》だろうか。高木《たかぎ》さんが声をかけると、ぺこりと頭を下げた。

玄関《げんかん》でインターホンを押《お》すと、

「お待《ま》ちください。」

と、弱々《よわよわ》しい声がした。ほどなく、景子《けいこ》先生がドアを開《あ》けた。紗理奈《さりな》は驚《おどろ》いた。景子《けいこ》先生は化粧《けしょう》もしておらず、この前会ったときとは別人《べつじん》のように年老《としお》いて見えた。

「景子《けいこ》先生、大丈夫《だいじょうぶ》ですか。」

高木《たかぎ》さんは、優《やさ》しく声をかけた。

「心配《しんぱい》かけて、ごめんなさいね。よくいらしてくれました。紗理奈《さりな》さんもどうぞ。」

「こんにちは。おじゃまします。」

紗理奈《さりな》は、景子《けいこ》先生に深々《ふかぶか》と頭を下げた。

「さあ、こちらへどうぞ。」

通されたところは、洋間《ようま》で応接《おうせつ》セットのあるきれいな部屋《へや》だった。エアコンが程《ほど》よくきいている。あらかじめ、来ることがわかっていたためか、テーブルには、すぐに入れることができるよう、紅茶《こうちゃ》の用意《ようい》がされていた。

「これ、少しですが、先生がお好《す》きだと思って。」

高木《たかぎ》さんが差《さ》しだした箱《はこ》を見て、景子《けいこ》先生は笑顔《えがお》になった。

「シュークリームね。ありがとう。食欲《しょくよく》なかったけど、これなら、食べられるわ。」

「よかった。」

「早速《さっそく》、いただきましょう。お皿《さら》を持《も》ってくるわ。」

景子《けいこ》先生は、そう言って部屋《へや》を出た。

「景子《けいこ》先生、たまに気持《きも》ちが落《お》ちこんで、食欲《しょくよく》もなくなるし、外へも出たがらなくなるの。でも、このシュークリームだけは特別《とくべつ》なの。」

高木《たかぎ》さんが、小さな声で紗理奈《さりな》に教えてくれた。景子《けいこ》先生はお皿《さら》とおしぼりをお盆《ぼん》にのせて運《はこ》んできた。さっきより、表情《ひょうじょう》に活気がある。紅茶《こうちゃ》をカップに注《そそ》ぐと、部屋《へや》中《じゅう》にフルーツのような甘酸《あまず》っぱい香《かお》りが立ちこめる。お皿《さら》にきれいな花の模様《もよう》の紙ナプキンを敷《し》き、シュークリームを置《お》く。見ただけで幸《しあわ》せな気持《きも》ちになれる。

「若《わか》い人たちが、この家に来たのは久《ひさ》しぶり。前は教え子だの娘《むすめ》の友だちだの、毎日のように来ていたのに……。」

景子《けいこ》先生がつぶやく。

「今は、ご主人《しゅじん》とお二人ですか。家の前でお会いしましたけど。」

「そうなの。あの人は畑《はたけ》だの、音楽だの趣味《しゅみ》があるから、毎日、外に出て楽しそう。わたしだけ、いつもうちの中でぽつんとしてる。」

「ご主人《しゅじん》、確《たし》か音楽の先生をされていたんですよね。」

「退職《たいしょく》して三年、今はおやじバンドでキーボードやってるの。」

「楽しそう。」

紗理奈《さりな》は、畑《はたけ》で会った初老《しょろう》の男の人が、そんな活動《かつどう》をしているとはと驚《おどろ》いた。

「お持《も》たせだけど、さあ、どうぞ。わたしもいただきます。」

景子《けいこ》先生が、シュークリームを勧《すす》めてくれた。

紗理奈《さりな》は、シュークリームを一口食べると、その濃厚《のうこう》な香《かお》りと甘《あま》さに驚《おどろ》いた。いつも食べるシュークリームのカスタードとは全然違《ぜんぜんちが》う。濃《こ》い黄色が食欲《しょくよく》を増《ま》す。

「紗理奈《さりな》ちゃん、おいしそうに食べるね。ほかのシュークリームと全然違《ぜんぜんちが》うでしょ。そもそも卵《たまご》が特別《とくべつ》なの。質《しつ》の良《よ》い餌《えさ》を食べ、運動《うんどう》もよくする元気のいい鶏《にわとり》の卵《たまご》だから黄身《きみ》の色が濃《こ》いのよ。」

「本当においしいです。」

紗理奈《さりな》は感激《かんげき》していた。紗理奈《さりな》を見て、高木《たかぎ》さんも景子《けいこ》先生も、うれしそうに笑《わら》っている。

「なんだか、紗理奈《さりな》さんを見ているだけで、元気になれる気がする。」

景子《けいこ》先生は、そう言いながら目頭を押《お》さえた。

「先生も食べてください。もっと元気出ますよ。」

高木《たかぎ》さんが促《うなが》すと、景子《けいこ》先生は、やっとシュークリームを食べはじめた。

本棚《ほんだな》の上に、晴《は》れ着姿《ぎすがた》の写真《しゃしん》が飾《かざ》ってあった。紗理奈《さりな》ははっとした。この人が景子《けいこ》先生の亡《な》くなったお嬢《じょう》さんに違《ちが》いない。紗理奈《さりな》の視線《しせん》に気づいたのだろうか。景子《けいこ》先生がぽつんと言った。

「成人《せいじん》してからの写真《しゃしん》は、この写真《しゃしん》だけになっちゃった。本当は親子で並《なら》んだ写真《しゃしん》もあったのに……。」

「景子《けいこ》先生……。」

高木《たかぎ》さんは景子《けいこ》先生を見つめ、何か言いたそうにしていた。紗理奈《さりな》には、景子《けいこ》先生の寂《さび》しさが痛《いた》いほど伝《つた》わってきた。そのとき、景子《けいこ》先生が立ちあがった。

「ごめんなさい。ちょっと失礼《しつれい》しますね。」

景子《けいこ》先生が部屋《へや》を出たとき、紗理奈《さりな》はバッグを確《たし》かめた。小さなスケッチブックをいつも入れていた。取《と》りだして、鉛筆《えんぴつ》を握《にぎ》った。

「紗理奈《さりな》ちゃん、何するつもり？」

高木《たかぎ》さんの声が遠く響《ひび》いた。

寂《さび》しいとき、自分と母の姿《すがた》を一緒《いっしょ》に描《か》いたように、景子《けいこ》先生にも娘《むすめ》さんと幸《しあわ》せな姿《すがた》を描《か》いてあげることができたら、少しでも慰《なぐさ》めになるかもしれない。

紗理奈《さりな》は、景子《けいこ》先生と娘《むすめ》さんの心に寄《よ》りそう。輝《かがや》くばかりの晴《は》れ着《ぎ》姿《すがた》の娘《むすめ》さん。晴れ晴れしい思いと、思い出が交錯《こうさく》し、感極《かんきわ》まる母。今日の幸《しあわ》せをかみしめ、お母さんに感謝《かんしゃ》する娘《むすめ》。仲《なか》の良《よ》い親子の姿《すがた》が、紗理奈《さりな》には確《たし》かに見える。

スケッチブックの上で、たった一本の鉛筆《えんぴつ》が描《えが》く線が丸みを帯《お》び、動《うご》きだす。それは、あっという間の出来事《できごと》だった。紗理奈《さりな》の横《よこ》で高木《たかぎ》さんは言葉《ことば》もなくじっと見つめていた。

景子《けいこ》先生が部屋《へや》に戻《もど》ったとき、その絵はほとんど完成《かんせい》していた。Ａ５判《はん》の紙に描《か》かれた親子の絵に、景子《けいこ》先生は恐怖《きょうふ》にも似《に》た表情《ひょうじょう》で叫《さけ》んだ。

「これは？　どうしたの？　あなたが描《か》いたの？」

紗理奈《さりな》は景子《けいこ》先生を見つめ、うなずいた。景子《けいこ》先生は、なおも信《しん》じられないという顔で絵を見つめている。

「景子《けいこ》先生、紗理奈《さりな》ちゃんは、先生とお嬢《じょう》さんのために供養絵《くようえ》を描《か》いたんです。」

高木《たかぎ》さんが、ゆっくりと確《たし》かめるように話した。

「供養絵《くようえ》？」

「そうです。供養絵《くようえ》は亡《な》き者《もの》の幸《しあわ》せを祈《いの》るための絵。」

景子《けいこ》先生が、紗理奈《さりな》を見た。

「この絵、わたしのために描《か》いてくれたの？」

紗理奈《さりな》は、うなずいた。声を出すエネルギーまで使《つか》いはたしたのだろうか、声がすぐには出なかった。

「うれしい。娘《むすめ》が大きくなってから二人の写真《しゃしん》がなかったから。ありがとう、紗理奈《さりな》さん。この絵、宝物《たからもの》にします。なんだか元気が出てきました。」

「景子《けいこ》先生。」

紗理奈《さりな》は、景子《けいこ》先生を見つめた。

「もし、よかったら、お嬢《じょう》さんの話を聞かせてください。」

「ありがとう。」

景子《けいこ》先生は、目に生気を取《と》りもどしていた。そして、一言一言かみしめるかのように話しはじめた。

「娘《むすめ》の名前は広歌《ひろか》。主人《しゅじん》が、あの子の周《まわ》りにいつも歌が広がって、みんなが幸《しあわ》せになれるようにと願《ねが》いを込《こ》めてつけたのです。主人《しゅじん》の影響《えいきょう》なのか、子どもの頃《ころ》から歌うこと、ピアノを弾《ひ》くことが大好《だいす》きでした。あの子のピアノの発表会《はっぴょうかい》、いつも楽しみだった。高校生の頃《ころ》、広歌《ひろか》は合唱《がっしょう》を始《はじ》めて、すばらしい指導者《しどうしゃ》と仲間《なかま》に巡《めぐ》りあったのです。わたしたちは合唱《がっしょう》の大会があると、追《お》っかけで全国各地《ぜんこくかくち》に行ったものです。最高《さいこう》に幸《しあわ》せでした。ステージで歌うことに喜《よろこ》びを見いだした娘《むすめ》は、いつしか自分も合唱《がっしょう》の指導《しどう》者《しゃ》になりたいと夢見《ゆめみ》るようになりました。大学を卒業《そつぎょう》して、中学校で音楽を教えていたのですが、あの日、震災《しんさい》のあった日は、風邪《かぜ》をひいて学校を休んでいたそうです。でも、あまりに大きい地震《じしん》だったので、避難《ひなん》しようとしたらしいのですが、途中《とちゅう》で車椅子《いす》のおばあさんと出会って、その方を介助《かいじょ》しながら高台に向《む》かい、もう少しというところで波《なみ》にのまれてしまったそうです。高台で見ていた方が、後で教えてくださいました。」

「優《やさ》しい方だったんですね。」

紗理奈《さりな》は、胸《むね》が熱《あつ》くなった。

「あの日、風邪《かぜ》をひかなければとか、わたしが行ってやればよかったとか、いろいろ考えてしまって……。本当は、震災《しんさい》さえなければ……。」

景子《けいこ》先生は、天井《てんじょう》を見上げた。

「そうですね。震災《しんさい》さえなければと、何度《なんど》も何度《なんど》も思いました。」

高木《たかぎ》さんも涙声《なみだごえ》になっていた。

「不思議《ふしぎ》ね。話していると、あの子を、広歌《ひろか》を思い出して苦《くる》しくなるのに、今日はいつもより心が軽《かる》い。紗理奈《さりな》さんの絵を見たためかしら。」

「景子《けいこ》先生、わたし、広歌《ひろか》さんの絵を描《か》きたいです。」

「えっ？　紗理奈《さりな》さん、この絵ではなくて？」

「はい。広歌《ひろか》さんが、本当に好《す》きなことに打《う》ちこむ姿《すがた》を描《か》いてみたい。」

紗理奈《さりな》は、まっすぐ景子《けいこ》先生を見つめた。

「ありがたいし、うれしい。でも、紗理奈《さりな》さん、どうして、そこまで？」

「スケッチブックに向《む》かったとき、不思議《ふしぎ》ですが、一緒《いっしょ》にいるお二人の姿《すがた》が見えるような気がしたんです。わたしは、景子《けいこ》先生と広歌《ひろか》さんの心に寄《よ》りそい、夢中《むちゅう》で右手を動《うご》かしました。景子《けいこ》先生が喜《よろこ》んでくださって、うれしいです。でも、それ以上《いじょう》にわたしは、今描《か》きたいものに向《む》きあいたいです。」

紗理奈《さりな》は、自分の気持《きも》ちを素直《すなお》に話した。

「紗理奈《さりな》ちゃんは、お母さんの絵をずっと描《か》いてきたから。景子《けいこ》先生、描《か》いてもらったら？」

「ありがとう、紗理奈《さりな》さん。広歌《ひろか》も喜《よろこ》んでいると思います。ただ、あまりあなたの負《ふ》担《たん》にならないようにしてほしい。急《いそ》がないで、ゆっくりでいいですから。」

「はい。」

紗理奈《さりな》の心に熱《あつ》いものが宿《やど》っていた。

夕方、おばあちゃんの家に戻《もど》った。

紗理奈《さりな》は、広歌《ひろか》さんの供養絵《くようえ》を描《か》くと決《き》めたことで、自分の心と向《む》きあえるようになった。ずっと殻《から》に閉《と》じこもっていた自分。友だちにも家族《かぞく》にも自分の心をさらけだすのが怖《こわ》くて、逃《に》げてきた。

悲《かな》しみから逃《に》げた自分、怒《いか》りから逃《に》げた自分、寂《さび》しさから逃《に》げた自分、それを、スケッチブックの母に救《すく》ってほしかった。だから、母の供養絵《くようえ》を描《か》きつづけた。母の優《やさ》しさは自分を救《すく》ってくれた。そして、母のゆかりの人たちとの出会いによって、自分は強くなれた気がする。

まず、一つ行動《こうどう》する。夕飯後《ゆうはんご》、お母さんの部屋《へや》に入り、スマホを握《にぎ》りしめた。千草《ちぐさ》に電話する。呼《よ》び出《だ》し音《おん》が鳴っているが、なかなか出ない。留守電《るすでん》に入れることはためらわれ、このまま切ろうとしたとき、千草《ちぐさ》の声が聞こえた。

「はい。」

「紗理奈《さりな》です。」

「あっ？　紗理奈《さりな》、帰ってきたの。」

「ううん。まだ、遠野《とおの》にいるんだけど。千草《ちぐさ》、電話くれたんだって？」

紗理奈《さりな》は、なるべく明るく話した。

「本当は会って話したかったけどね。紗理奈《さりな》は、わたしが香澄《かすみ》と一緒《いっしょ》に行動《こうどう》しているのを見たとき、いやな気持《きも》ちになったと思うけど、ごめん。」

「……。」

「紗理奈《さりな》が暗《くら》くなっちゃって、つまらなかったのもあるけど、理由《りゆう》があるの。」

「理由《りゆう》？」

「あのひどい噂《うわさ》、紗理奈《さりな》の絵は、美術教師《びじゅつきょうし》のお父さんが描《か》いたって噂《うわさ》を流《なが》した犯人《はんにん》、ずっと香澄《かすみ》が怪《あや》しいと思っていた。だから、香澄《かすみ》に近づいて、本当のことを聞こうと思ったの。」

紗理奈《さりな》は、千草《ちぐさ》の話が意外《いがい》だった。

「聞いてどうしようと？」

「もし、香澄《かすみ》が犯人《はんにん》だったら、みんなの前で紗理奈《さりな》に謝《あやま》ってもらおうと思った。このままじゃ、紗理奈《さりな》がかわいそうすぎるから。」

「そうだったの……。」

「でも、違《ちが》っていた。香澄《かすみ》はきつい性格《せいかく》だけど、うそはつかない。つきあってみて、よくわかった。」

「香澄《かすみ》じゃなかったんだ。」

紗理奈《さりな》は、どこかほっとしていた。

「香澄《かすみ》は、負《ま》けずぎらいだから、自分が受賞《じゅしょう》できなくてくやしかったと思う。でも、すごく努力家《どりょくか》。ピアノだって何時間も練習《れんしゅう》しているし、絵のコンクールに出したいって、何枚《なんまい》も何枚《なんまい》もスケッチしている。」

千草《ちぐさ》の話を聞きながら、紗理奈《さりな》には香澄《かすみ》の姿《すがた》が浮《う》かんできた。

「わたし、香澄《かすみ》に話したよ。紗理奈《さりな》がお父さんの手を借《か》りなくても、ものすごく絵がうまいってこと。」

「……。」

「そうしたら、香澄《かすみ》が紗理奈《さりな》に伝《つた》えてって。」

「何を?」

紗理奈《さりな》は、香澄《かすみ》が何を自分に伝《つた》えようとしたのかと気になった。電話の向《む》こうで、千草《ちぐさ》がスーッと息《いき》を吸《す》いこんだ。

「堂々《どうどう》として。もっと堂々《どうどう》として。悪《わる》くないなら悩《なや》まないで、また、コンクールに絵を出してみてって。」

紗理奈《さりな》も、スーッと息《いき》を吸《す》いこんだ。

「ありがとう、千草《ちぐさ》。伝《つた》えてくれてありがとう。誰《だれ》が犯人《はんにん》かなんて、もう考えたり、悩《なや》んだりしない。香澄《かすみ》にもお礼《れい》を言いたいけど、直接《ちょくせつ》、話すから。わたし、絵を描《か》くよ。コンクールに出すかどうかわからないけど、今、心から絵が描《か》きたいの。描《か》きたいことが見つかったの。」

「よかった。紗理奈《さりな》、よかったね。」

千草《ちぐさ》の鈴《すず》のような声が響《ひび》いた。

「うん。もう少ししたら、千葉《ちば》に帰るから。また連絡《れんらく》するね。」

「うん。待《ま》ってる。」

「じゃあね。」

紗理奈《さりな》の心は晴れやかだった。

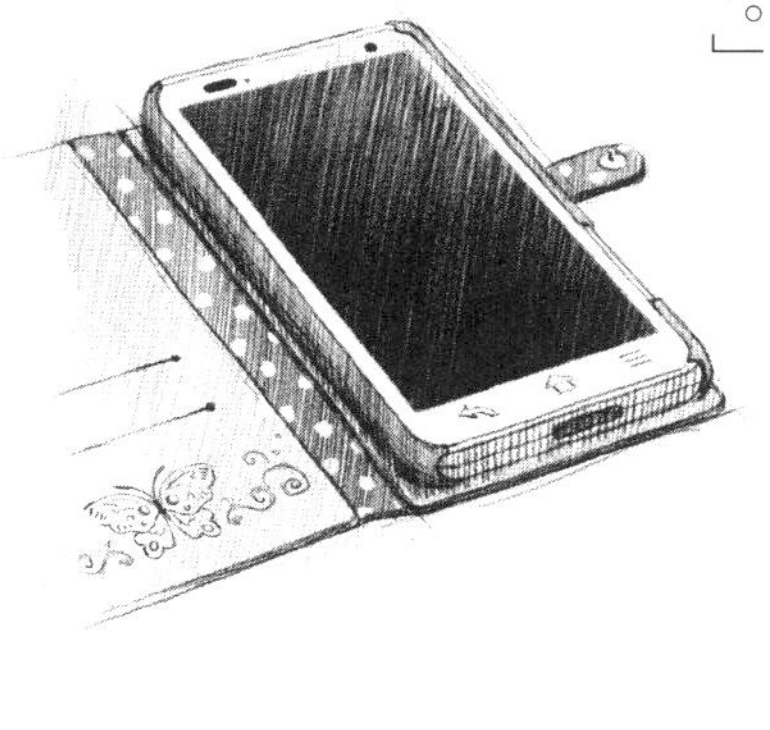

# 十二・迷《まよ》い

翌日《よくじつ》から、紗理奈《さりな》は広歌《ひろか》さんを本気で描《か》きはじめた。景子《けいこ》先生と広歌《ひろか》さんの絵は、自分でも驚《おどろ》くほど、短時間《たんじかん》で描《か》けた。あのときのように紙に向《む》かえば、自然《しぜん》に手が動《うご》きだすような気がしていた。

（今までの自分だったら……）と思う。描《か》きたい場面《ばめん》が浮《う》かび、紙の上で手が動《うご》きだす。去年《きょねん》の入賞作《にゅうしょうさく》もそうして生まれた。また、お母さんの絵は、心の動《うご》くままに任《まか》せれば、それでよかった。ところが、広歌《ひろか》さんは動《うご》こうとしなかった。頭の中にある映《えい》像《ぞう》をもとに、振《ふ》り袖姿《そですがた》の広歌《ひろか》さんを描《か》くだけで精《せい》いっぱいだった。

（このままでは描《か》けない。自分から言いだしたことなのに、描《か》けなかったらどうしよう。景子《けいこ》先生をがっかりさせることだけはしたくない。）

紗理奈《さりな》にとって、描《か》けない時間は何よりもつらいことだった。段《だん》ボール箱《ばこ》からお母さんのスケッチブックを取《と》りだし、ながめる。何枚《なんまい》も何枚《なんまい》も同じような絵を描《か》きつづけたお母さんの気持《きも》ちの強さに圧倒《あっとう》される。

(そうだ。もう一度《いちど》、西清院《さいせいいん》へ行ってみよう。何かヒントがつかめるかもしれない。)

そう思ったとき、スマホに着信《ちゃくしん》があった。高木《たかぎ》さんからだった。

「はい。」

「紗理奈《さりな》ちゃん。高木《たかぎ》です。どう、描《か》いている?」

「それが、あまり進《すす》まなくて……。」

紗理奈《さりな》は正直《しょうじき》に話した。

「そうなの? 時間かかってもいいのよ。無理《むり》しないで。」

「それで、もう一度《いちど》、西清院《さいせいいん》へ行ってみようかと思うんです。」

「紗理奈《さりな》ちゃん、わたしも一緒《いっしょ》に行ってもいい?」

高木《たかぎ》さんが続《つづ》けた。

「本当はね、紗理奈《さりな》ちゃんの顔が見たいの。だから、今からおばあちゃんの家に行こうと思っていたのよ。」

「本当ですか。うれしい。」

紗理奈《さりな》の頬《ほお》がゆるむ。

「十五分くらいでお迎《むか》えに行くからね。」

「はい。待《ま》ってます。」

スマホを切ると、急《いそ》いで、おばあちゃんのいる居間《いま》へ向《む》かう。

「おばあちゃん、今から出かけてもいい？」

「あらま、どこさ？」

おばあちゃんは、見ていたテレビの音量《おんりょう》を下げる。

「高木《たかぎ》さんと一緒《いっしょ》に西清院《さいせいいん》へ行ってきたいの。」

「いいよ。んだども、今、三時だから夕《ゆう》ご飯《はん》までには戻《もど》ってきて。」

「うん。そんなに遅《おそ》くならないと思うから。」

おばあちゃんは、紗理奈《さりな》を見つめる。

「紗理奈《さりな》、絵を描《か》いているんだべ。」

「うん。」

「あまり根詰《こんつ》めないでな。肩《かた》の力抜《ぬ》くことも大事《だいじ》だよ。」

「そうだね。ありがとう。」

紗理奈《さりな》とおばあちゃんが話していると、車の止まる音がした。

「高木《たかぎ》さんだ！」

紗理奈《さりな》が玄関《げんかん》の戸を開《あ》ける。おばあちゃんも外に出て、高木《たかぎ》さんに声をかけた。

「こんにちは。また、紗理奈《さりな》をよろしくお願《ねが》いします。」

「こちらこそ、いつも連《つ》れだしてすみません。」

高木《たかぎ》さんは車の外に出て、おばあちゃんにおじぎした。紗理奈《さりな》はおばあちゃんに手を振《ふ》ると、高木《たかぎ》さんの車に乗《の》った。

西清院《さいせいいん》の住職《じゅうしょく》の奥様《おくさま》は、紗理奈《さりな》と高木《たかぎ》さんの訪問《ほうもん》を喜《よろこ》んで迎《むか》えてくれた。

「紗理奈《さりな》さんでしたね。また来てくださってうれしいです。どうぞ、ゆっくりご覧《らん》ください。」

「ありがとうございます。」

紗理奈《さりな》は、おじぎをした。

「わたしは、綾《あや》さんの友人で高木《たかぎ》です。今日は、供養絵《くようえ》を見せていただきたいと思って一緒《いっしょ》に伺《うかが》いました。」

高木《たかぎ》さんが話すと、奥様《おくさま》はうなずいた。

「確《たし》か、あなたは綾《あや》さんと一緒《いっしょ》に来たことがありましたね。」

高木《たかぎ》さんは驚《おどろ》いて奥様《おくさま》を見つめた。

「はい。一度《いちど》だけ一緒《いっしょ》に来ました。それも、高校生のときに。覚《おぼ》えていてくださるなんて……。」

「お寺の仕事《しごと》は、まず、お寺に来てくださる方のお顔を覚《おぼ》えることから始《はじ》まるんですよ。」

奥様《おくさま》はほほえんだ。

紗理奈《さりな》は、供養絵《くようえ》を見つめる。その中で、机《つくえ》に向《む》かう少年の絵に心を奪《うば》われた。学問《がくもん》が何より好《す》きだったのだろう。机《つくえ》の上にはすずりと墨《すみ》、筆《ふで》、紙が置《お》かれている。手に取《と》った書物《しょもつ》を見つめるまなざしには強い意思《いし》が感《かん》じられる。

高木《たかぎ》さんが奥様《おくさま》に聞いた。

「十四歳《さい》と書いてありますが、あれは？」

「お亡《な》くなりになった方のお年です。十四歳《さい》、まだ＊元服前《げんぷくまえ》の少年です。確《たし》か、療養所《りょうようじょ》の息子《むすこ》さんだったと伝《つた》えきいております。お医者様《いしゃさま》になるために一生懸命《いっしょうけんめい》、勉強《べんきょう》されていたのでしょうね。」

紗理奈《さりな》は、少年を見つめた。夢《ゆめ》に向《む》かって進《すす》む心を感《かん》じる。

また、別《べつ》の絵は、まだ幼《おさな》い女の子が人形遊《あそ》びをしている。二つある人形を手に持《も》って、会話させているのだろうか。喜々《きき》とした表情《ひょうじょう》、女の子の周《まわ》りには、まりや玩具《がんぐ》、お菓子《かし》などがたくさん置《お》かれている。この子は三歳《さい》だ。

＊元服《げんぷく》……男子が成人《せいじん》になったことを示《しめ》す儀式《ぎしき》。十一から二十歳《さい》ぐらいまで、時代《じだい》によって年齢《ねんれい》は異《こと》なる。

「あの……供養絵《くようえ》を描《か》いた絵師《えし》は、亡《な》くなった方と何か関係《かんけい》のある方だったのでしょうか。」

紗理奈《さりな》は、奥様《おくさま》に聞いた。

「どうしてそう思うのですか。」

奥様《おくさま》は、まるで紗理奈《さりな》を試《ため》そうとしているかのように、問《と》いかえした。

「それは、絵の中の人たちが本当に幸《しあわ》せそうだからです。関係《かんけい》のない人がそこまで描《か》けるものではないと思いました。」

紗理奈《さりな》の言葉《ことば》に、奥様《おくさま》は静《しず》かに答えた。

「もちろん、いくつかの供養絵《くようえ》はその家とお付《つ》き合《あ》いのある絵師《えし》が描《か》いたものもあるでしょうが、ほとんどは関係《かんけい》がなく、依頼《いらい》によって描《か》かれたものだと思います。」

「そうなんですか。関係《かんけい》がないのに、絵師《えし》は亡《な》くなった方の思いをここまで深《ふか》く、どうして描《えが》けるのでしょう。」

そこまで話したとき、紗理奈《さりな》ははっとした。供養絵《くようえ》の絵師《えし》と自分との違《ちが》いをはっきりと見せつけられたような気がした。絵師《えし》は、関係《かんけい》のなかった人でも、亡《な》くなった人を本当に知りたいと心から願《ねが》い、その人の目になって見つめ、聴《き》き、感《かん》じることで、その人の姿《すがた》を描《か》けるのかもしれない。心に寄《よ》りそうことで、生き生きとしたその人らしさが絵に宿《やど》るのかもしれない。

どのくらい見ていたのだろうか。座《すわ》っていた高木《たかぎ》さんが立ちあがって、紗理奈《さりな》の肩《かた》をたたいた。

「そろそろ帰りましょう。」

「あっ、はい。」

紗理奈《さりな》は我《われ》に返《かえ》った。夏の日はまだ暮《く》れてはいないものの、もう五時を過《す》ぎていた。

「すみません。」

「いいのよ。何かつかんだかな。」

高木《たかぎ》さんは、紗理奈《さりな》の顔を見て言った。

「描《か》けるかどうかわからないけど、描《か》きたい気持《きも》ちになりました。」

「いいんじゃない。」

高木《たかぎ》さんは、明るく笑《わら》った。

二人で奥様《おくさま》にあいさつをして、西清院《さいせいいん》を後にした。


その夜、紗理奈《さりな》はスケッチブックを開《ひら》いた。

（あなたは、どうしたいの？）

画面《がめん》の広歌《ひろか》さんに問《と》いかける。情報《じょうほう》が少なすぎる。自分はあまりに広歌《ひろか》さんのことを知らなすぎるのだと思う。これでは、「心に寄《よ》りそう」ことなど、とてもできない。

（ごめんね。わたし、広歌《ひろか》さんのこと、何もわかっていなかった。）

紗理奈《さりな》は広歌《ひろか》さんの絵に頭を下げた。


次《つぎ》の日、景子《けいこ》先生に会いにいき、子どもの頃《ころ》からの話を聞いた。

「広歌《ひろか》はね。忘《わす》れん坊《ぼう》で、小学生のときランドセルを忘《わす》れたことがあった。」

景子《けいこ》先生が声を上げて笑《わら》った。その声につられて、紗理奈《さりな》の口元もゆるむ。

「好《す》きな食《た》べ物《もの》はなんでしたか。」

「フルーツ。中でもモモがいちばん好《す》きだった。年中ある食《た》べ物《もの》ではないから、夏が来るのを楽しみにしていたなあ。」

「苦手《にがて》なことは、なんでしたか。」

「水泳《すいえい》かな。低学年《ていがくねん》のとき、中耳炎《ちゅうじえん》になって、プールに入れなかった時期《じき》に、みんながどんどんうまくなって、広歌《ひろか》だけ取《と》りのこされたような気になったんだと思うの。水泳《すいえい》がある日は、何かと理由《りゆう》をつけて休もうとしたこともあったっけ……。」

好《す》きな食《た》べ物《もの》や苦手《にがて》なことを聞きながら、紗理奈《さりな》は広歌《ひろか》さんに親しみを覚《おぼ》えた。すると、スケッチブックの広歌《ひろか》さんが少しずつ動《うご》いていくような気がする。

広歌《ひろか》さんが卒業《そつぎょう》した高校の合唱部《がっしょうぶ》のことを調《しら》べた。YouTubeで合唱《がっしょう》の動画《どうが》を見ることができた。紗理奈《さりな》は、一つ一つの曲《きょく》を聴《き》いた。男声と女声とが織《お》りなす合唱《がっしょう》

のすばらしさ。人間の声って、こんなにいろいろな表情《ひょうじょう》があるんだと改《あらた》めて思う。絵《え》の具《ぐ》に似《に》ているのかもしれない。絵《え》の具《ぐ》は組み合わせ、混《ま》ぜる量《りょう》によって色が変《か》わる。同じ赤でもイチゴのような色もあり、紅葉《もみじ》のような色もある。

それを演出《えんしゅつ》するのが、指揮者《しきしゃ》かもしれない。広歌《ひろか》さんは、こういう指導者《しどうしゃ》に憧《あこが》れていたに違《ちが》いないと、画面《がめん》の中のその動《うご》きを見つめる。あるときは激《はげ》しく、あるときは優《やさ》しく、両手《りょうて》はしなやかに言葉《ことば》を語るかのようだ。紗理奈《さりな》は時を忘《わす》れて見入っていた。人間の声がこれほど美《うつく》しい世界《せかい》を紡《つむ》ぐことができるのか。

高木《たかぎ》さんに頼《たの》んで、広歌《ひろか》さんが住《す》んでいた釜石市《かまいしし》にも連《つ》れていってもらった。高台から海を見た。おだやかな海だった。広歌《ひろか》さんがこの町で夢《ゆめ》に向《む》かっていた姿《すがた》を見ることはできないが、感《かん》じることはできる。あのときの風を受《う》けることはできないが、今の風を受《う》けながら思いを巡《めぐ》らすことはできる……。

広歌《ひろか》さんの動《うご》きを感《かん》じ、描《か》くことを繰《く》りかえす。数日間のうちに、紗理奈《さりな》のスケッチブックは何冊《なんさつ》にも及《およ》んだ。

# 十三 ● 知らせ

キャリーケースの中に、スケッチブックが七冊《さつ》と身《み》の回《まわ》りの物《もの》が入っている。

朝、おばあちゃんは紗理奈《さりな》の顔を見て、寂《さび》しそうな表情《ひょうじょう》を浮《う》かべた。

「ありがとう。紗理奈《さりな》が来てくれてうれしかった。綾《あや》についても今になってわかったこともあった。全部《ぜんぶ》、紗理奈《さりな》のおかげだよ。」

「こちらこそ、ありがとう。楽しかった。お母さんの絵を見ることができて、供養絵《くようえ》を見ることができて、本当によかった。わたしも絵を描《か》く勇気《ゆうき》をもらえた。」

おばあちゃんは、紙袋《かみぶくろ》を差《さ》しだした。

「朝、採《と》ったトウモロコシと野菜《やさい》だ。荷物《にもつ》になっかもしれないが、お父さんと時哉《ときや》にも、遠野《とおの》の味《あじ》を食べさせて。」

「うん。ありがとう。おばあちゃん、元気でね。」

紗理奈《さりな》は笑顔《えがお》で、受《う》けとった。

「また、来てね。」

おばあちゃんが、遠野《とおの》の駅《えき》まで車で送《おく》ってくれた。

遠野《とおの》から釜石線《かまいしせん》で新花巻《しんはなまき》に行き、東北新幹線《とうほくしんかんせん》に乗《の》りかえる。紗理奈《さりな》は千葉《ちば》に帰るため東京行《とうきょうい》きの新幹線《しんかんせん》に乗《の》っていた。七月末《がつすえ》に遠野《とおの》に来て二週間余《あま》りがたっていた。

家に帰ったら、画用紙に描《か》きはじめよう。紗理奈《さりな》は、楽しみなような怖《こわ》いような不《ふ》思議《しぎ》な気持《きも》ちだ。今の時点でどのような絵になるのか、想像《そうぞう》がつかなかった。窓際《まどぎわ》に座《すわ》った紗理奈《さりな》は、窓《まど》の外をながめる。岩手《いわて》の県南《けんなん》だろうか。周《まわ》りをぐるりと木で囲《かこ》まれた家が散在《さんざい》している。木々は風に揺《ゆ》れ涼《すず》しげな風景《ふうけい》を作っている。すると、スマホが振動《しんどう》した。時哉《ときや》からＬＩＮＥが入っている。

（サリ姉、何時に着《つ》く？　お父さんと一緒《いっしょ》に迎《むか》えにいく。）

（大宮着《おおみやちゃく》　十六時。）

（了解《りょうかい》。）

（助《たす》かるよ。よろしくね。）

荷物《にもつ》が多かったので、少しほっとした。

やがて、紗理奈《さりな》は眠《ねむ》くなってきた。

…………。

車内アナウンスが流《なが》れたので、はっとして目覚《めざ》めた。宇都宮《うつのみや》だった。あと少しで大《おお》宮《みや》だ。降《お》りる準備《じゅんび》をして待《ま》っていると、スマホがまた振動《しんどう》する。また、時哉《ときや》だ。

（サリ姉、大宮《おおみや》で降《お》りちゃダメ。）

（なんで？）

（なんでも降《お》りちゃダメ。）

（？）

（上野《うえの》まで行って。上野《うえの》で待《ま》っている。）

（わからないけど、そうする。）

仕方《しかた》ない。きっとお父さんの都合《つごう》だろう。乗《の》り越《こ》しの料金《りょうきん》を取《と》られるのはいやだけど、まあ、そうするしかない。また、ＬＩＮＥが入る。

（翼《つばさ》の像前《ぞうまえ》で。）

（了解《りょうかい》。）

上野《うえの》で紗理奈《さりな》は降《お》り、翼《つばさ》の像《ぞう》の前でお父さんと時哉《ときや》が来るのを待《ま》った。時哉《ときや》が見えたとき、スマホのニュース速報《そくほう》が受信《じゅしん》された。いつものことなので気にせず、見ることもなく、スマホをポシェットにしまった。

「サリ姉、お帰り。」

「ただいま、元気そうだね。」

時哉《ときや》は、サッカーの練習《れんしゅう》をがんばったのだろう。真《ま》っ黒《くろ》に日焼《ひや》けしていた。

「お帰り、紗理奈《さりな》。」

お父さんの優《やさ》しい声が響《ひび》いた。

「思ったより、長かったね。おばあちゃん、元気になったようで、よかった。紗理奈《さりな》のおかげだって喜《よろこ》んでいたよ。」

「わたし、遠野《とおの》に行ってよかった。家に帰ってから詳《くわ》しく話すけど。」

紗理奈《さりな》の言葉《ことば》に、お父さんはうなずいた。

三人で、駐車場《ちゅうしゃじょう》まで移動《いどう》した。荷物《にもつ》はお父さんと時哉《ときや》が一つずつ持《も》ってくれた。車に乗《の》ると、お父さんがエンジンを掛《か》けた。そのとき、ラジオのアナウンスが流《なが》れた。

「本日、午後四時十分頃《ごろ》、大宮駅《おおみやえき》の構内《こうない》で通《とお》り魔事件《まじけん》がありました。若《わか》い男性《だんせい》が、ナイフを振《ふ》りまわし、駅構内《えきこうない》を歩いていた男女五人がけがを負《お》いました。いずれも命《いのち》に別状《べつじょう》はないものの、現在《げんざい》、付近《ふきん》の病院《びょういん》で手当てを受《う》けています。なお、犯人《はんにん》は、巡回《じゅんかい》していた警察官《けいさつかん》とJR《ジェイアール》の職員《しょくいん》に取《と》りおさえられました。現在《げんざい》、身元《みもと》を調《しら》べています。」

「えっ？　大宮《おおみや》？」

紗理奈《さりな》は驚《おどろ》いた。大宮《おおみや》で降《お》りていれば、もしかしてと背筋《せすじ》がぞっとした。

「ぶっそうだなあ。」

お父さんがつぶやく。時哉《ときや》は黙《だま》っていた。

「もしかして、時哉《ときや》。それで、大宮《おおみや》で降《お》りちゃダメって連絡《れんらく》してきたの？」

紗理奈《さりな》は、助手席《じょしゅせき》にいる時哉《ときや》をのぞきこんだ。

「なんか、急《きゅう》に上野《うえの》へ行けって、誰《だれ》かが叫《さけ》んだような気がした。」

「えっ？　そうだったのか……。驚《おどろ》いたなあ。時哉《ときや》がどうしても、上野《うえの》に行くっていうから、おかしいと思ったんだ。でも、大宮《おおみや》で降《お》りていたら、ちょうど到着《とうちゃく》した頃《ころ》の事件《じけん》だな。紗理奈《さりな》、時哉《ときや》に助《たす》けられたかもな。」

お父さんは、後部座席《こうぶざせき》にいる紗理奈《さりな》を振《ふ》りかえりながら話した。

紗理奈《さりな》は、時哉《ときや》の横顔《よこがお》を見る。時哉《ときや》には、小さな頃《ころ》から守《まも》り神《がみ》がついている。おかげで、自分も助《たす》けられた。

「時哉《ときや》、ありがとう。」

# 十四・心

時哉《ときや》が寝《ね》てから、紗理奈《さりな》はお父さんと話した。お母さんが描《か》いた供養絵《くようえ》のことを話すと、お父さんは意外《いがい》にも知っていた。

「お母《かあ》さんと出会った頃《ころ》は、ただ絵に興味《きょうみ》がある人だと思っていた。描《か》いてみたらと誘《さそ》っても、絶対描《ぜったいか》こうとしなかった。」

「それは、おばあちゃんとの約束《やくそく》だったから？」

「それもあるだろう。でも、描《か》ききったという思いがあったのだと思う。それがある日崩《くず》れた。」

「えっ？」

「よほど、描《か》きたかったんだろう。ちょっと待《ま》ってろ。」

そう言って、お父さんが取《と》りだしてきたのは、赤ちゃんの絵だった。すやすやという寝息《ねいき》が伝《つた》わってきそうな、幸《しあわ》せそうな絵だった。

「これ？」

「ああ、紗理奈《さりな》だ。生まれて三か月くらいのとき、こっそり描《か》いたものらしい。」

紗理奈《さりな》は、絵を見つめる。スケッチブックに描《か》いたのだろう。破《やぶ》ったところがぎざぎざしている。

「約束《やくそく》を破《やぶ》ってまで、描《か》かずにはいられなかったのだろうな。でもこの一枚《まい》だけだ。後にも先にも、これだけしかない。お母さんが亡《な》くなってから見つけた。これは、お父さんだけの宝物《たからもの》にしてきた。」

お父さんがつぶやいた。優《やさ》しくて、温《あたた》かい絵だった。赤ちゃんのミルクの香《かお》りが、漂《ただよ》ってくるようだ。紗理奈《さりな》は、お母さんの深《ふか》い愛情《あいじょう》を感《かん》じ、心が満《み》たされていた。

「正直《しょうじき》、お父さんよりずっと才能《さいのう》があると思った。嫉妬《しっと》するくらいのすごい絵だと思う。紗理奈《さりな》はお母さんの血《ち》を引いているんだな。」

「お父さん、わたし、やっぱり絵が描《か》きたい。コンクールに出すか出さないか関係《かんけい》なく、わたしが絵を描《か》きたいと思っている。何かをあきらめることがあったとしても、どうしてもゆずれない。絵を描《か》くことだけは……。」

「そうか。それでいい。人が何を言おうが自分の心に正直《しょうじき》でなくてはいけない。お父さんもできることは協力《きょうりょく》するよ。」

お父さんは、紗理奈《さりな》の思いを受《う》けとめてくれた。

「じゃあ……。前のように、お父さんのアトリエを使《つか》わせてくれる？」

「もちろん、いいよ。水彩絵《すいさいえ》の具《ぐ》や紙もある。好《す》きなように使《つか》うといい。」

「ありがとう。じゃあ、今晩《こんばん》から使《つか》う。」

「えっ？　今晩《こんばん》くらいゆっくり休めばいいのに。」

お父さんはそう言って、笑《わら》った。

紗理奈《さりな》は、スケッチブックを開《ひら》く。スケッチブックのお母さんが見守《みまも》ってくれる。その中で広歌《ひろか》さんを描《か》く。歌うところ。仲間《なかま》と語るところ。お母さんと笑《わら》うところ。

スケッチブックの広歌《ひろか》さんは明るくて、優《やさ》しくて、生き生きとしている。

画用紙を広げ、目を閉《と》じた。

YouTubeで聴《き》いた歌声が広がる。

景子《けいこ》先生の悲《かな》しみの表情《ひょうじょう》。

釜石《かまいし》の海。

車椅子《くるまいす》の老人《ろうじん》。

必死《ひっし》に助《たす》けようとする広歌《ひろか》さんの姿《すがた》。

広歌《ひろか》さんを襲《おそ》う黒い波《なみ》。

高台からあがる悲鳴《ひめい》。

どんな苦《くる》しみも悲《かな》しみも

消《け》すことができない。

それでも、消《け》すことのできない悲《かな》しみを背負《せお》う人の心に寄《よ》りそうことはできる。

(わたしにできることをする。)

広歌《ひろか》さんのことを思う。
心を流《なが》れる音楽は、
アシの葉《は》の揺《ゆ》らぎ。
天井《てんじょう》に映《うつ》しだされる、水面《すいめん》の光のように
さざめきながら
亡《な》き人の心と
寄《よ》りそう者《もの》の心を結《むす》んでくれる。

それから三日後、紗理奈《さりな》の供養絵《くようえ》は完成《かんせい》した。三日間、つきものがついたように、アトリエにこもりつづけた。完成《かんせい》の知らせを受《う》けて、高木《たかぎ》さんと景子《けいこ》先生が遠野《とおの》からやってくることになった。今度《こんど》、遠野《とおの》に行くときに持《も》っていくと話したが、景子《けいこ》先生が待《ま》ちきれないという。

高木《たかぎ》さんと景子《けいこ》先生が来る日。お父さんも仕事《しごと》を休み、迎《むか》えてくれることになった。

「せっかくだから、絵が映《は》えるように展示会《てんじかい》みたいに飾《かざ》ろう。」

お父さんは、紗理奈《さりな》の絵を額《がく》に入れてくれた。

「ガラスは外したほうがいいかも。」

紗理奈《さりな》がためらいがちに言うと、

「確《たし》かに色の持《も》ち味《あじ》が変《か》わってしまう。ガラスは外そう。」

お父さんは、ガラスを外し、リビングの天井《てんじょう》にあるピクチャーレールを使《つか》って絵をつるした。絵がちょうどいい位置《いち》に来るように調整《ちょうせい》する。

この絵を見て、景子《けいこ》先生がどう思うのか。紗理奈《さりな》は、少し不安《ふあん》を感《かん》じている。思いきって歩みだす。もうごまかさない。みんなに自分の描《か》いた絵を見てほしいと紗理奈《さりな》は心から思っていた。

お父さんが絵に布《ぬの》を掛《か》けた。

「見る瞬間《しゅんかん》をみんなで共有《きょうゆう》しよう。」

紗理奈《さりな》はうなずいた。

そこに、高木《たかぎ》さんと景子《けいこ》先生もやってきた。

「どうぞ、お入りください。」

二人を招《まね》きいれる。リビングで父が深々《ふかぶか》とおじぎをした。時哉《ときや》が冷《つめ》たい麦茶を運《はこ》んでくる。

「かわいい！　時哉君《ときやくん》ね。綾《あや》にそっくり！」

高木《たかぎ》さんは、すっかり時哉《ときや》に夢中《むちゅう》だ。

時哉《ときや》は照《て》れ笑《わら》いする。

「景子《けいこ》先生、高木《たかぎ》さん、遠いところ来てくださって、ありがとうございます。紗理奈《さりな》が描《か》いた絵を見てやってください。」

父が紗理奈《さりな》に目で合図した。その瞬間《しゅんかん》、紗理奈《さりな》は絵に掛《か》かった布《ぬの》を取《と》りのぞいた。

一瞬《いっしゅん》、皆《みな》、息《いき》をのんだ。小さなリビングに掲《かか》げられた一枚《まい》の絵。そこに光が当たった瞬間《しゅんかん》、清新《せいしん》な歌声が広がっていくような不思議《ふしぎ》な感覚《かんかく》に包《つつ》まれる。そこには、指揮《しき》をする若《わか》い女性《じょせい》と歌う生徒《せいと》たちの姿《すがた》が画面《がめん》いっぱいに描《えが》かれていた。

「ひ、ろか……。」

景子《けいこ》先生は小さな声でつぶやき、絵を見つめた。

指揮《しき》をする人の横顔《よこがお》からは、情熱《じょうねつ》がほとばしっている。歌のすばらしさを伝《つた》えようとする目の輝《かがや》きと、しなやかな指《ゆび》。そして、生徒《せいと》たちの大きく見開《みひら》いた目は、聴衆《ちょうしゅう》の驚《おどろ》きを、指揮者《しきしゃ》の手の表情《ひょうじょう》や動《うご》きをつぶさに捕《と》らえている。歌声を一心に感《かん》じ、指揮《しき》をする女性《じょせい》の手は、歌う者《もの》の心と聴《き》く者《もの》の心をまっすぐに結《むす》ぶ。それは、景子《けいこ》先生が夢《ゆめ》にまで見た娘《むすめ》の姿《すがた》に違《ちが》いなかった。

「歌が聴《き》こえるよう……。すばらしい絵だわ。」

高木《たかぎ》さんがつぶやいた。

「広歌《ひろか》よかったね……。本当によかったね。お母さんは、あなたの指揮《しき》する姿《すがた》に会えて……。」

景子《けいこ》先生は、あふれる涙《なみだ》をぬぐおうとせずに、広歌《ひろか》さんに語りかけた。思いが込《こ》み

あげ、最後《さいご》まで言葉《ことば》にならない。でも、きっと景子《けいこ》先生の心は広歌《ひろか》さんに届《とど》いている
に違《ちが》いないと紗理奈《さりな》は思った。
小刻《こきざ》みに震《ふる》える景子《けいこ》先生の体を、高木《たかぎ》さんがしっかりと支《ささ》えた。景子《けいこ》先生は、顔を
紗理奈《さりな》のほうに向《む》けた。
「ありがとう、紗理奈《さりな》さん。本当に……ありがとう。」
景子《けいこ》先生はそう言いながら、紗理奈《さりな》の手を握《にぎ》った。
「広歌《ひろか》さんの生き方を知って、広歌《ひろか》さんを描《えが》くことで、わたしも大きな力をいただき
ました。」
紗理奈《さりな》の手に、熱《あつ》いものがこぼれおちた。紗理奈《さりな》は、景子《けいこ》先生の手を、しっかりと
握《にぎ》りかえした。

おわり

# 「遠野物語《とおのものがたり》」ってどんな物語《ものがたり》？

この本にも何度《なんど》か登場《とうじょう》した「遠野物語《とおのものがたり》」。その内容《ないよう》を簡単《かんたん》に紹介《しょうかい》します。

**「遠野物語《とおのものがたり》」とは**

明治《めいじ》四十三年（一九一〇年）に柳田国男《やなぎたくにお》が出版《しゅっぱん》した本。柳田《やなぎた》が、佐々木喜善《ささききぜん》という友《とも》だちから聞いた、岩手県《いわてけん》の遠野《とおの》地方に伝《つた》わる不思議《ふしぎ》な話を多く収《おさ》めている。地方の民間伝承《みんかんでんしょう》などをあつかう民俗学《みんぞくがく》の先駆《さきが》けともいわれている。

学研・資料課
柳田国男《やなぎたくにお》

## ◆「遠野物語《とおのものがたり》」にはどんな話が入っているのでしょうか。

**◎この本に登場《とうじょう》した話**

**第《だい》二話　「遠野三山《とおのさんざん》」の話**

遠野《とおの》の三つの山の所有権《しょゆうけん》をめぐる、三人の女神《めがみ》の話。今でもこの三人がそれぞれの山を支配《しはい》しているという。

**第《だい》八話　「寒戸《さむと》の婆《ばあ》」の話**

寒戸《さむと》という所《ところ》で、行方不明《ゆくえふめい》になった娘《むすめ》が、三十年以上《いじょう》たったある日、突然《とつぜん》家に帰ってくる。しかし、娘《むすめ》はその後にすぐまた去《さ》ってしまう。

## ◎ほかにもこんな話があります

**第《だい》十七話ほか　「ザシキワラシ」の話**

十二、三歳《さい》ほどの子《こ》どもの姿《すがた》をしたザシキワラシという神様《かみさま》の話。この神様《かみさま》が家にいると、その家は繁栄《はんえい》するという。

**第《だい》五十五話ほか　「河童《かっぱ》」の話**

遠野《とおの》の川には、河童《かっぱ》が多く住《す》んでいて、馬にいたずらなどをする。遠野《とおの》の河童《かっぱ》はほかの地域《ちいき》の河童《かっぱ》と違《ちが》って顔が赤いらしい。

**第《だい》十四話ほか　「オシラサマ」の話**

遠野《とおの》でまつられるオシラサマの話。この神様《かみさま》の像《ぞう》は、桑《くわ》の木を削《けず》って作られる。由来《ゆらい》として、馬と結婚《けっこん》した娘《むすめ》の話が紹介《しょうかい》されている。

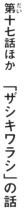

# あとがき

ちばるりこ

初《はじ》めて供養絵《くようえ》（供養絵額《くようえがく》）を見たのは、十年ぐらい前のことでした。

供養絵《くようえ》は、亡《な》くなった人の姿《すがた》を、家族《かぞく》や友人が絵師《えし》に描《えが》いてもらったものです。江戸時代後期《えどじだいこうき》から大正時代《たいしょうじだい》、岩手のお寺におさめられ、遠野《とおの》市内に最《もっと》も多く残《のこ》されています。

お寺の壁《かべ》に掛《か》けられた絵は、人の表情《ひょうじょう》から着物《きもの》、持《も》ち物《もの》まで明るく豊《ゆた》かです。しかし、この明るさの陰《かげ》にどれほどの悲《かな》しみがあったのでしょうか。そう思うと、しばらく絵の前から動《うご》くことができませんでした。

物語《ものがたり》の主人公《しゅじんこう》、紗理奈《さりな》は、幼《おさな》いときに母を亡《な》くすという悲《かな》しみを背負《せお》った少女です。絵が好《す》きで、スケッチブックに母の生きている姿《すがた》を想像《そうぞう》して描《えが》いていました。

そうした母への思いが遠野《とおの》で供養絵《くようえ》を見たとき、自分の生き方につながっていきます。

読者《どくしゃ》のみなさんにとって好《す》きなことはなんでしょうか？　自分の心に向《む》きあい、好《す》きなことを続《つづ》けることは自分を強くします。そして、人の心に寄《よ》りそうことは、自分だけでなく、周《まわ》りの人も幸《しあわ》せにしてくれます。

みなさんの未来《みらい》が、幸《しあわ》せでありますよう願《ねが》っています。

最後《さいご》になりましたが、この物語《ものがたり》が世《よ》に出るきっかけを与《あた》えてくださった小川未明《おがわみめい》文学賞委員会関係者《ぶんがくしょういいんかいかんけいしゃ》のみなさま、学研《がっけん》プラスのみなさまに心より感謝申《かんしゃもう》し上げます。

二〇一八年（平成《へいせい》三十年）十一月吉日《きちじつ》

**プロフィール**

ちばるりこ
岩手県盛岡市在住《いわてけんもりおかしざいじゅう》。日本福祉大学卒《にほんふくしだいがくそつ》。「ふろむ」同人。
岩手児童文学《いわてじどうぶんがく》の会会員《かいかいいん》。本作品《さくひん》で第《だい》二十六回小川未明文学賞大賞《おがわみめいぶんがくしょうたいしょう》を受賞《じゅしょう》。

# 〈小川未明文学賞〉大賞作品　刊行のことば

詩情《しじょう》あふれる幻想的《げんそうてき》な作品《さくひん》を数多く残《のこ》した小川未明《おがわみめい》は、社会で苦《くる》しむ弱い立場の人々に深《ふか》く思いを寄《よ》せ、理不尽《りふじん》な出来事《できごと》に対《たい》して憤《いきどお》りを抱《いだ》いた作家でした。

小川未明文学賞《おがわみめいぶんがくしょう》は、未明《みめい》の精神《せいしん》である「誠実《せいじつ》な人間愛《にんげんあい》と強靭《きょうじん》な正義感《せいぎかん》」を受《う》けつぎ、未《み》来《らい》に生きる子どもたちにふさわしい児童文学作品《じどうぶんがくさくひん》の誕生《たんじょう》を願《ねが》って、一九九一年（平成《へいせい》三年）に創設《そうせつ》された公募《こうぼ》による文学賞《ぶんがくしょう》です。賞《しょう》の運営《うんえい》は、未明《みめい》のふるさと新潟県上越市《にいがたけんじょうえつし》と小川未《おがわみ》明文学賞委員会《めいぶんがくしょういいんかい》によって行われ、受賞作品《じゅしょうさくひん》は学研《がっけん》プラスが刊行《かんこう》しています。

創設《そうせつ》より四半世紀《しはんせいき》にわたり、本賞《ほんしょう》は理想《りそう》と現実《げんじつ》の問題に真摯《しんし》に取りくむ児童文学《じどうぶんがく》作家を世《よ》に送《おく》りだしてきました。これからも、みずみずしい感性《かんせい》に満《み》ちた作品《さくひん》が新たに生まれ、明日を担《にな》う子どもたちに長く読みつがれてゆくことを心より願《ねが》っています。

二〇一七年（平成二十九年）十月

主催／新潟県上越市・小川未明文学賞委員会

協賛／学研プラス

後援／文化庁・新潟県・早稲田大学文化推進部・上越教育大学・日本児童文学者協会・日本児童文芸家協会

# あなたは、どの作品《さくひん》と出会いますか？

多くの作品《さくひん》の中から選《えら》ばれた、小川未明文学賞《みめいぶんがくしょう》の大賞受賞作品《たいしょうじゅしょうさくひん》。読みごたえのある作品《さくひん》がたくさんあります。

## （小学校中学年向け）

### 『レンタルロボット』

滝井幸代・作　三木謙次・絵

健太《けんた》は「ロボットかします」という店で、弟ロボットを手に入れる。最初《さいしょ》は楽しい日々が続《つづ》いたが……。

### 『四年ザシキワラシ組』

こうだゆうこ・作　田中六大・絵

クラスで目立ちたくない小松君《こまつくん》。ある日、古い本棚《ほんだな》に住《す》むザシキワラシと話すようになり、学級委員《がっきゅういいん》になってしまって……。

## （小学校高学年向け）

### 『パンプキン・ロード』

森島いずみ・作　狩野富貴子・絵

震災《しんさい》で母が犠牲《ぎせい》になってしまった早起《さき》。初《はじ》めて会う祖父《そふ》との暮《く》らしを前に、早《さ》紀《き》の気持《きも》ちは不安《ふあん》になるが……。

### 『影なし山のりん』

宇佐美敬子・作　佐竹美保・絵

少女りんが、草木や動物《どうぶつ》、きつね岩の力を借《か》りて三つの光を集《あつ》め、村を救《すく》う。「人の強さ」とはなにか、を心に届《とど》けてくれる作品《さくひん》。

### 『ななこ姉ちゃん』

宮崎貞夫・作　岡本　順・絵

町を離《はな》れた、ななこ姉ちゃんが3年ぶりに帰ってきた。ななこは翔太《しょうた》や友《とも》だちのトンビと次第《しだい》に仲良《なかよ》くなるのだが……。

### 『あした飛ぶ』

東田澄江・作　しんやゆう子・絵

姫島《ひめしま》へ引《ひ》っ越《こ》してきた小学六年生の星乃《ほしの》。ある日、はねに星マークが描《えが》かれているアサギマダラという蝶《ちょう》をつかまえて……。

# 「日本のアンデルセン」と呼《よ》ばれた小川《おがわ》未明《みめい》

（1882年〜1961年）

小川《おがわ》未明《みめい》文学賞《ぶんがくしょう》は新潟県上越市出身《にいがたけんじょうえつししゅっしん》の小説家《しょうせつか》・童話《どうわ》作家、小川未明《おがわみめい》にちなんでつくられた賞《しょう》です。

小川未明《おがわみめい》とは、どんな人なのでしょう？

### 作品《さくひん》の原点

少年時代《じだい》の未明《みめい》は、雪深《ゆきぶか》いふるさとの自然《しぜん》に心をうごかされ、詩《し》を書いていました。その体験《たいけん》は、作品《さくひん》に生かされ、美《うつく》しい自然《しぜん》をモチーフにした作品《さくひん》も、たくさんつくりました。

### 一二〇〇編《へん》もの童話《どうわ》を書いた人

小川未明《おがわみめい》は、早稲田《わせだ》大学の学生時代《じだい》に、小説家《しょうせつか》の坪内逍遥《つぼうちしょうよう》やラフカディオ・ハーン（小泉八雲《こいずみやくも》）から指《し》導《どう》を受《う》けました。一九六一年に七九歳《さい》で亡《な》くなるまで、未来《みらい》の子どもたちのために童話《どうわ》を書きつづけ、一二〇〇編以上《へんいじょう》のお話をつくりました。

上越市《じょうえつし》は、海と山にかこまれた自然豊《しぜんゆた》かなところ。高田城《たかだじょう》のある公園は桜《さくら》の名所《めいしょ》としても有名《ゆうめい》。

### 〈代表作《だいひょうさく》を読んでみよう〉

今も多くの人に愛《あい》されている作品《さくひん》を紹介《しょうかい》します。

**・赤いろうそくと人魚**

人魚の子どもを拾《ひろ》った、ろうそく屋《や》の老夫婦《ろうふうふ》。やがて美《うつく》しい娘《むすめ》に育《そだ》ち、娘《むすめ》のろうそくに描《か》く絵が評判《ひょうばん》になりますが……。

**・野ばら**

隣《とな》りあったふたつの国。それぞれの国境《こっきょう》を守《まも》る、青年《せいねん》と老人《ろうじん》の兵士《へいし》は親《した》しくなります。しかし、やがて戦争《せんそう》が始《はじ》まり……。

**・月夜とめがね**

ある月のきれいな晩《ばん》、おばあさんは針仕事《はりしごと》をしていました。不思議《ふしぎ》なめがね売りがあらわれ、めがねを買いました。

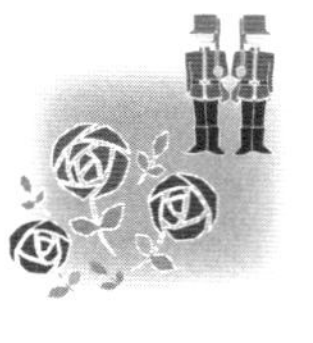

# 未明《みめい》のふるさとを訪《たず》ねよう
# 新《にい》潟《がた》県《けん》上《じょう》越《えつ》市《し》

未明《みめい》が生まれ育《そだ》ち、その作品《さくひん》に多くの影響《えいきょう》をあたえた上越市《じょうえつし》には、今も未明《みめい》を感《かん》じることのできる場所《ばしょ》があります。

## 未明《みめい》ゆかりの地《ち》

上越市《じょうえつし》には、未明《みめい》の生家があった場所《ばしょ》を伝《つた》える「小川未明生誕《おがわみめいせいたん》の地」の碑《ひ》や、未明《みめい》の父・澄晴《すみはる》によって建《た》てられた、上杉謙信《うえすぎけんしん》公をまつる、春日山神社《かすがやまじんじゃ》などがあります。

春日山神社《かすがやまじんじゃ》。未明《みめい》の「雲のごとく」という詩《し》が刻《きざ》まれた石碑《せきひ》や童話《どうわ》をモチーフにした石像《せきぞう》もあります。

「小川未明生誕《おがわみめいせいたん》の地《ち》」の碑《ひ》。未明《みめい》は生まれてまもなく、元気に育《そだ》つようにと、隣《となり》のろうそくづくりの家に預《あず》けられました。

## 〈小川未明文学館《おがわみめいぶんがくかん》へ行ってみよう〉

小川未明文学館では、小川《おがわ》未明《みめい》の作品《さくひん》、生い立ち、作品《さくひん》がうまれた時代背景《じだいはいけい》などをわかりやすく紹介《しょうかい》しています。

昔《むかし》の貴重《きちょう》な本や自筆《じひつ》の原稿《げんこう》、資料《しりょう》、作品《さくひん》などを展示《てんじ》しています。

実際《じっさい》に未明《みめい》が過《す》ごした部屋《へや》が再現《さいげん》されています。

「童話体験《どうわたいけん》のひろば」では、作品《さくひん》の読み語りや代表作《だいひょうさく》「赤いろうそくと人魚」や「金の輪《わ》」などのアニメの上映《じょうえい》もしています。

◎開館：火～金曜日　10:00～19:00(6～9月は20:00まで)　土・日・祝日　10:00～18:00
◎休館：月曜日、毎月第3木曜日、祝日の翌日、年末年始、図書整理期間　◎入館料：無料
◎アクセス：〒943-0835 新潟県上越市本城町8番30号（高田図書館内）
高田駅からバスで5分・「高田公園入口」下車徒歩5分
◆TEL：025-523-1083
◆ホームページ：http://www.city.joetsu.niigata.jp/site/mimei-bungakukan/

ティーンズ文学館
**スケッチブック** 供養絵をめぐる物語

2018年12月11日　第1刷発行
2019年5月10日　第2刷発行

作者　ちばるりこ
画家　シライシユウコ

装丁　藤田知子
発行人　川田夏子
編集人　小方桂子
編集　永渕大河
編集協力　堀内眞里　菊沢正子
発行所　株式会社　学研プラス
〒141-8415 東京都品川区西五反田2-11-8
印刷所　図書印刷株式会社
データ製作　株式会社　明昌堂
参考文献　『口語訳 遠野物語』(河出書房新社)、『荒俣宏・高橋克彦の岩手ふしぎ旅』(実業之日本社)、『魂のゆくえ〜描かれた死者たち〜』(遠野市立博物館)ほか。

この本に関する各種お問い合わせ先
●本の内容については　Tel 03-6431-1615(編集部直通)
●在庫については　Tel 03-6431-1197(販売部直通)
●不良品(落丁、乱丁)については　Tel 0570-000577
学研業務センター
〒354-0045 埼玉県入間郡三芳町上富279-1
●上記以外のお問い合わせは
Tel 03-6431-1002(学研お客様センター)

SKETCH